张觅／著

剑胆琴心有谁知

金庸笔下的60个诗意女子

中华工商联合出版社

图书在版编目(CIP)数据

　　剑胆琴心有谁知：金庸笔下的60个诗意女子 / 张觅
著. -- 北京：中华工商联合出版社，2019.2
　　ISBN 978-7-5158-2457-4

　　Ⅰ.①剑… Ⅱ.①张… Ⅲ.①散文集-中国-当代
Ⅳ.①I267

　　中国版本图书馆CIP数据核字 (2019) 第 011935 号

剑胆琴心有谁知：金庸笔下的60个诗意女子

作　　者	张　觅
策划编辑	崔红亮
责任编辑	魏鸿鸣　崔红亮
封面设计	周　源
责任审读	于建廷
责任印制	陈德松
营销总监	姜　越
营销企划	王赫然
营销推广	王　静
出版发行	中华工商联合出版社有限责任公司
印　　刷	盛大（天津）印刷有限公司
版　　次	2019年4月第1版
印　　次	2024年3月第3次印刷
开　　本	710mm×1020mm　1/16
字　　数	120千字
印　　张	15.5
书　　号	ISBN 978-7-5158-2457-4
定　　价	69.80元

服务热线：010-58301130
销售热线：010-58302813
地址邮编：北京市西城区西环广场A座
　　　　　19-20层，100044
http://www.chgslcbs.cn
E-mail: cicap1202@sina.com(营销中心)
E-mail: gslzbs@sina.com(总编室)

序
Preface

对于喜爱武侠的人来说，金庸小说是走不出的情结。

"飞雪连天射白鹿，笑书神侠倚碧鸳"，金庸以他独特的视角、深厚的文史底蕴、丰富的想象力铺展开了一个古典豪情、快意恩仇的武侠世界，那个世界里，有着侠骨柔情的江湖男子，有着剑胆琴心的诗意女子，有着天地逍遥任我行的豪迈，有着天涯思君不能忘的惆怅，也有着烛影摇红的缱绻，以及刀光泛碧的冷冽……

很庆幸年少时有金庸的武侠小说陪伴，从中我深刻感受到古典文学与传统文化的美。记得初读金庸小说那晚，读《倚天屠龙记》，正读到"花落花开，花开花落，少年子弟江湖老，红颜少女的鬓边也终于见到了白发"那句话，心中怅惘不已。前一页，郭襄还是明慧潇洒、巧笑嫣然的少女，但翻过一页来，她却已经是早已逝世的一代宗师，是后辈们口口相传的传奇了。她对杨过数十年的念想与追寻，也令后世的张翠山和殷素素感怀叹息。虽然我当时年龄尚小，但也感到了时光流逝的无情与世间情事的无奈。

金庸似乎把古典的诗意全部给了笔下的女子，程英初见杨过，悄悄地反复写着"既见君子，云胡不喜"；李莫愁一生失意，幽怨地唱着"问世间情是何物，直教生死相许"；丘处机赞小龙女"浑似姑射真人，天姿灵秀，意气殊高洁"；段誉爱上了王语嫣，求之不得，月下吟诗："月出皎兮，佼人僚兮。舒窈纠兮，劳心悄兮"；瑛姑爱上老顽童，写下定情诗："春波碧草，晓寒深处，相对浴红衣"；杨过与小龙女携手下山，飘然远去，神雕侠侣就此绝迹江湖，郭襄心头浮现出了李白的诗句："秋风清，秋月明。落叶聚还散，寒鸦栖复惊。相思相见知何日，此时此夜难为情。"

除了诗意情怀与旖旎心事，金庸武侠中当然更多的是家国情怀与江湖义气。北大教授孔庆东曾道："金庸的作品中凝聚着儒家的积极入世、道家的游心自然、佛家的明世旷达，显示出迷人的文化气息、丰厚的历史知识和深刻的民族精神。"的确，在金庸小说里，郭靖"侠之大者，为国为民"；段誉"青衫磊落险峰行"；黄药师"桃花影落飞神剑，碧海潮生按玉箫"；乔峰"莽苍踏雪行，赤手屠熊搏虎"；独孤求败"生平求一敌手而不可得"……从儒家之侠郭靖、陈家洛，到道家之侠杨过、令狐冲，再到佛家之侠张无忌，游侠胡斐，金庸在这些侠客身上寄予了自己的理想情怀。

在大学里，我便开始试着写一些关于金庸笔下人物的评论随笔，并将其中的几篇发表在自己的博客和当时比较热门的论坛上面，被版主标为精品。再后来也有几篇文字发表在古风文学杂志和微信公众号上，受到读者的喜爱。于是，便一直写下来了，直到积累成厚厚一叠书稿。

侠骨柔肠，剑胆琴心，携手仗剑天涯；尽管是红颜弹指老，但刹那芳华可永恒；纵马江湖，腰悬一剑一壶酒；胸怀天下，却淡泊名利；经历无数磨难险阻，却仍谈笑自若；大闹一场，尔后悄然离去。

感谢金庸，给予我们永远不老的诗意江湖。

目录
Contents

1. 阿　青：山有木兮木有枝，心悦君兮君不知 001

2. 齐御风：肌肤若冰雪，绰约若处子 005

3. 阮星竹：三愿如同梁上燕，岁岁长相见 008

4. 阿　萝：有如女萝草，生在松之侧 011

5. 王语嫣：锦瑟华年谁与度 013

6. 木婉清：有美一人，清扬婉兮 018

7. 钟　灵：娉娉袅袅十三余，豆蔻梢头二月初 021

8. 阿　朱：相怜相念倍相亲，一生一代一双人 024

9. 阿　碧：垆边人似月，皓腕凝霜雪 028

10. 阿　紫：要见无因见，了拼终难拼 033

11. 梦　姑：车遥遥兮马洋洋，追思君兮不可忘 036

12. 黄　蓉：窈窕淑女，君子好逑 039

13. 穆念慈：妾拟将身嫁与，一生休 045

14. 冯　蘅：金风玉露一相逢，便胜却人间无数 048

15. 瑛　姑：四张机，鸳鸯织就欲双飞 053

16. 华　筝：锦瑟无端五十弦，一弦一柱思华年 057

17. 包惜弱：往事已成空，还如一梦中 060

18. 程瑶珈：琴瑟在御，莫不静好 064

19. 梅超风：一寸相思千万绪，人间没个安排处 067

20. 程　英：瞻彼淇奥，绿竹猗猗 071

21. 陆无双：照影摘花花似面，芳心只共丝争乱 077

22. 郭　芙：有女同车，颜如舜华 081

23. 林朝英：毕竟相思，不似相逢好 088

24. 小龙女：浑似姑射真人，天姿灵秀，意气殊高洁 094

25. 郭　襄：相思相见知何日，此时此夜难为情 100

26. 完颜萍：此身天地一浮萍 105

27. 公孙绿萼：萼绿华来无定所，杜兰香去未移时 109

28. 李莫愁：河中之水向东流，洛阳女儿名莫愁 113

29. 洪凌波：凌波不过横塘路，但目送、芳尘去 118

30. 殷素素：娥娥红粉妆，纤纤出素手 121

31. 紫衫龙王：平生不会相思，才会相思，便害相思 127

32. 赵　敏：愿我如星君如月，夜夜流光相皎洁 130

33. 周芷若：故人何在？烟水茫茫 134

34. 小　昭：待浮花、浪蕊都尽，伴君幽独 138

35. 殷　离：不见去年人，泪满春衫袖 142

36. 岳灵珊：青梅如豆柳如眉，日长蝴蝶飞 146

37. 任盈盈：盈盈一水间，脉脉不得语 151

38. 仪　琳：难将心事和人说，说与青天明月知 157

39. 丁　当：相寻梦里路，飞雨落花中 160

40. 梅芳姑：花满市，月侵衣，少年情事老来悲 163

41. 闵　柔：得成比目何辞死，愿作鸳鸯不羡仙 165

42. 阿　绣：心似双丝网，中有千千结 168

43. 温青青：青青河畔草，绵绵思远道 171

44. 阿　九：青青子衿，悠悠我心 175

45. 安小慧：郎骑竹马来，绕床弄青梅 180

46. 李文秀：此去经年，应是良辰好景虚设 183

47. 香香公主：是耶非耶？化为蝴蝶 188

48. 霍青桐：其神若何，月射寒江 192

49. 李沅芷：沅有芷兮澧有兰，思公子兮未敢言 195

50. 骆　冰：谁教白马踏梦船，乐游桃苑柳如川 198

51. 周　绮：东边日出西边雨，道是无晴还有晴 201

52. 程灵素：此情可待成追忆，只是当时已惘然 203

53. 袁紫衣：烛影摇红，夜阑饮散春宵短 207

54. 马春花：好春安得长为主，落叶那能再上枝 211

55. 冰雪儿：一枝春雪冻梅花，满身香雾簇朝霞 214

56. 南　兰：但见泪痕湿，不知心恨谁 218

57. 苗若兰：夜月一帘幽梦，春风十里柔情 223

58. 凌霜华：宁可枝头抱香死，何曾吹落北风中 226

59. 戚　芳：绿杨芳草长亭路，年少抛人容易去 229

60. 水　笙：蓦然回首，那人却在，灯火阑珊处 234

阿 青

山有木兮木有枝，心悦君兮君不知

　　《越女剑》这部小说，像是一篇轻盈清淡的散文，淡淡的，弥漫着水雾般的忧伤。

　　金庸在这部小说里，用了大段篇幅去作心理独白和相处场景的描写，精彩的武侠打斗场面和情节转换却轻描淡写，一笔带过。而阿青的影子，却令人久久挥之不去。

　　阿青出场时，是一位娇憨的乡村少女，穿着浅绿衫子，赶着十几头山羊，一张瓜子脸，睫长眼大，皮肤白皙，容貌甚是秀丽，身材苗条，弱质纤纤。

　　谁也想不到这个娇怯怯的美貌少女居然身负惊人绝技，一举手便连伤七位吴国好手。越国大夫范蠡一见，叹为观止，又惊又喜，当即厚待阿青，并将这个天真无邪的小姑娘带回府中。

　　她美丽纯净，且不谙世事，却有绝顶天资和悟性，学得一身高强武功，便如一块传说中的璞玉。少女烂漫，不识愁滋味，一缕芳心，在自己也未曾发觉之时，便悄悄地缙到了范蠡身上。

范蠡坐在山坡草地上，给阿青讲述楚国湘妃和山鬼的故事。阿青坐在他身畔凝神倾听，一双明亮的眼睛，目不转瞬地瞧着他，忽然问道："那湘妃真是这样好看么？"

范蠡轻轻说道："她的眼睛比这溪水还要明亮，还要清澈……"阿青道："她眼睛里有鱼游么？"范蠡道："她的皮肤比天上的白云还要柔和，还要温软……"阿青道："难道也有小鸟在云里飞吗？"范蠡道："她的嘴唇比这朵小红花的花瓣还要娇嫩，还要鲜艳，她的嘴唇湿湿的，比这花瓣上的露水还要晶莹。湘妃站在水边，倒影映在清澈的湘江里，江边的鲜花羞惭的都枯萎了，鱼儿不敢在江里游，生怕弄乱了她美丽的倒影。她白雪一般的手伸到湘江里，柔和得好像要溶在水里一样……"

他的话语里，有他所恋慕的人绰绰的身影。

阿青道："范蠡，你见过她的是不是？为什么说得这样仔细？"

范蠡轻轻叹了口气，说道："我见过她的，我瞧得非常非常仔细。"

他说的是西施，不是湘妃。

少女天生的敏感让阿青很快捕捉到了范蠡的心思。她爱上了一个人，爱得单纯而又冲动，最后却得知那个人爱的不是她。

而她在他心中，大概就是山鬼吧，她虽然"既含睇兮又宜笑""被薜荔兮带女萝"，带着清灵的山野气息，"山中人兮芳杜若，饮石泉兮荫松柏"。但他心中，却没有她，而只有那湘妃一般的西施。她也只能和山鬼一样，"风飒飒兮木萧萧，思公子兮徒离忧"。

她就在他身边，可是，他心中所思所想的，却是另一个女子。她离他这样近，却又离他这样远。这遥远的距离呀，她无法企及。

　　于是，她完成使命后，悄然离开，范蠡再也找寻不到她。

　　阿青的剑法太过神妙。在越王的剑室中，没有一个越国剑士能挡到她的三招。八十名越国剑士没学到阿青的一招剑法，但他们已亲眼见到了神剑的影子。

　　八十人将一丝一忽勉强捉摸到的剑法影子传授给了旁人，单是这一丝一忽的神剑影子，越国武士的剑法便已无敌于天下。

　　终于，越国伐吴，越国取得了胜利。

　　范蠡直冲到吴王的馆娃宫，那是西施住的地方。他再也等不及，那日夜思念着的人儿呀，马上就要见到了。

　　他奔过一道长廊，脚步成发出清朗的回声，长廊下面是空的。西施脚步轻盈，每一步都像是弹琴鼓瑟那样，有美妙的音乐节拍。夫差建了这道长廊，好听她奏着音乐般的脚步声。

　　在长廊彼端，音乐般的脚步声响了起来，像欢乐的锦瑟，像清和的瑶琴，一个轻柔的声音在说："少伯，真的是你吗？"

　　一对阔别多年的恋人终于重逢了。两人刚刚沉浸在重逢的喜悦中时，阿青来了。"范蠡，范蠡，我要杀你的西施，她逃不了的。我一定要杀你的西施。"她右手竹棒的尖端指住了西施的心口。

　　但是，意想不到的事情发生了。阿青凝视着西施的容光，脸上的杀气渐渐消失，变成了失望和沮丧，再变成了惊奇、羡慕，变成了崇敬。喃喃地说："天，天下，有这，这样的美女！范蠡，她，她比你说的还，还要美！"

　　那个苎萝山下的浣纱姑娘，那个惊世绝艳的女子，那个让吴王夫差痴迷十年，让越国大夫范蠡等待十年的绝代佳人，她的美丽竟有如此大的力量，美得让阿青霎时消解了杀意。

你恰好爱着的人，却没有恰好爱着你，那么就放手吧。

纵使她不谙世事，天真烂漫，却也为情所困。她是高傲的，又是决绝的，在知道深爱的人心中并没有自己时，便毅然离去。

爱如彼岸花，她在此，他在彼，遥遥相望，宛转鲜亮的欢喜，她心旌摇荡，却遥不可及。

阿青飘然远去，隐居太湖。

从此江湖上只留下了她的传说。

齐御风

肌肤若冰雪，绰约若处子

　　《天龙八部》中美女虽多，真正最美的却是尚未出场的无崖子小师妹齐御风。

　　更喜欢TVB97版《天龙八部》给小师妹起的名字，齐御风。齐御风这个名字，更加有神仙姐姐的风韵。御风而行，吸风饮露，瞬间沧海，一眼万年。

　　在《天龙八部》出场时，无崖子已经老了，长须三尺，没一根斑白，脸如冠玉，更无半丝皱纹，年纪虽长，却仍神采飞扬，风度娴雅。可以想象得到，无崖子年轻时，该是如何风流倜傥的奇才？

　　无崖子的师父是逍遥子，逍遥派的开山祖师，而他的弟子一名苏星河，一名丁春秋。"星河"是空间上的"无涯"，而"春秋"则是时间上的"无涯"。其徒苏星河说他："我师父学究天人，我所学的，不过是他的万分之一而已。"无涯子聪明之极，琴棋书画、医卜星象无一不晓，无一不精。

这样的无崖子，真正倾心的，却是小师妹齐御风。

而这个秘密，起初除了他俩，谁也不知道。

后来，段誉无意中闯入无量山，又不慎跌入山谷，却发现山谷下是一平如镜的大湖。他在湖畔观看月下玉壁，看见壁上有剑影指着一块巨型岩石，由此又发现了石后的秘道。他走进秘道，秘道尽头是一间石室，而石室中另有石室。

曲径通幽处。段誉推开了内室的暗门，又走下一道石级，再推开另一道门，便见到了一座白玉雕成的宫装美人像。

此情此景，恍然如梦。

这玉像与真人一般大小，身上一件淡黄色绸衫微微颤动；更奇的是一对眸子莹然有光，神采飞扬。玉像的这对眼眸乃是以黑宝石雕成，眼里隐隐有光彩流转。玉像脸上白玉的纹理中隐隐透出晕红之色，更与常人肌肤无异。

而玉像身旁石壁刻着几行小字："藐姑射之山，有神人居焉，肌肤若冰雪，绰约若处子，不食五谷，吸风饮露。"

这玉像一美如斯，段誉神驰目眩，竟如着魔中邪，眼光再也离不开玉像。他在此石室中学会"凌波微步"及"北冥神功"，也在这石室中，深深地爱上了那座玉雕。

后来，段誉遇见王夫人，又遇见王语嫣，他们却都不如玉像之美。虽然王语嫣外表和玉像一模一样，风神却是远不及。玉像冶艳灵动，颇有勾魂摄魄之态，王语嫣却端庄中带有稚气，相形之下，倒是玉像比之王语嫣更加活些。想那齐御风年轻时定是娇俏少女，比王语嫣更多几分生动可爱。

童姥和李秋水争得不可开交时，逍遥子的心却悄悄缩到了灵动可爱、温婉可人的小师妹身上。"曾经沧海难为水，除却巫山不是云。"徐克电影给小师妹取名为李沧海。

在电视剧《天龙八部》里，齐御风与无涯子相爱，后为躲避天山童姥与李秋水的争风吃醋，二人便隐居于大理无量剑湖底"琅环福地"。在山洞内收集了天下武学秘籍，师兄妹情深爱重，时而月下对剑，时而花前赋诗，欢好弥笃。他还精心按照齐御风的模样打造了一尊绝美的玉像。

爱情，是源自于心灵的吸引，是自然而然地想要靠近的冲动，是没有法子勉强的。

天山童姥与李秋水争了一辈子，斗了一辈子，直到临死之前才得知，原来无涯子真正心爱的女子，不是天山童姥，也不是李秋水，而是她们从未放在心上的小师妹，那安安静静，温文尔雅的齐御风。

她不争不抢，从容淡定，却获得了她们梦想中的一切。

阮星竹

三愿如同梁上燕，岁岁长相见

星竹这个名字本身就很美了，偏偏她又姓阮，阮星竹。

闪烁如星，挺秀似竹。

在《天龙八部》里，阮星竹是未见其人，先闻其声。段正淳失手将阿紫打下湖，便唤阮星竹出来救人。于是，远远竹丛中传来她的声音："什么事啊？我不出来！"声音娇媚，却带三分倔强，片刻之间，她便已走到湖边。

萧峰和阿朱向她瞧去，只见她穿了一身淡绿色的贴身水靠，更显得纤腰一束，一双乌溜溜的大眼晶光灿烂，闪烁如星，流波转盼，灵活之极，似乎单是眼睛便能说话一般。容颜秀丽，嘴角边似笑非笑，约莫三十五六岁年纪。

萧峰听了她的声音语气，只道她最多不过二十一二岁。她身上水靠结束整齐，想是她听到段正淳大叫救人之际，便即更衣，一面逗他着急，却快手快脚地将衣衫换好了。

想她年轻的时候，该是如何顽皮慧黠的一个少女呢？定是兼有阿朱之敏及阿紫之邪了。

只是她没有一双识人的慧眼，随随便便就把一颗心交给了一个风流王爷，从此误了一生的幸福。未婚先孕，她爹只得匆匆将女儿送人。

湖边竹，盈盈绿，报平安，多喜乐。天上星，亮晶晶，永灿烂，长安宁。她把自己的名字镶进诗句刻进锁片，挂在女儿身上。初为人母，她心中却只有愧疚。

后来两个女儿一个为燕子坞慕容门下丫鬟，一个为星宿派门下顽徒，算不上什么好去处，她也误了两个女儿一生。

但她自己也无法在家族中生活下去，于是，便独自搬到常人难到的小镜湖方竹林居住。小镜湖畔，碧水春波，绿竹依依，漫天星光。段正淳偶尔在想起她来时，便会来到小镜湖。她仍是柔情缱绻。

阮星竹的屋中，壁间悬着一张条幅，上面是段正淳写给她的词句："含羞倚醉不成歌，纤手掩香罗。偎花映烛，偷传深意，酒思入横波。看朱成碧心迷乱，翻脉脉，敛双蛾。相见时稀隔别多。又春尽，奈愁何？"这首词本是宋代词人张耒所作，写的是美人的娇美醉态，以及惜别愁思。

她与段正淳相聚欢乐的时候，便已知道分别就在眼前，但也只是陪着他，饮酒赋诗，相应承欢。段正淳醉后曾写"书少年游，付竹妹补壁，星眸竹腰相伴，不知天地岁月也"。

段正淳这几位情人都是把情郎瞧得比儿女更重的痴情人，为了情郎神魂颠倒，赔尽了青春还无怨无悔，不能自拔。在这个方面，金庸未免显得过于残忍。

　　阮星竹是段正淳最心爱的情人，但是她爱得没有自我，不如女儿阿朱爱得冷静，也不如女儿阿紫爱得决绝。

　　段正淳风流自赏，处处留情，其实并未把哪个情人真正放在心上。每一个美丽的女子，不过是他生命中的过客，他只顾自己，从未想过爱上他又失去他的女子们的感受。她不应该遇到段正淳，而应该遇到一个真正怜她爱她且懂她的男子，与其在小镜湖边，和翠竹繁星，一起相守，儿女平安喜乐。

阿 萝

有如女萝草，生在松之侧

王夫人，闺名叫做阿萝。她继承了母亲的绝代美貌，却没有母亲的武功和风情，更没有女儿的学识和温柔，她的出场，也是一身戾气，一点都不美好。

段誉初见王夫人的形貌，忍不住"啊"的一声惊噫，张口结舌，便如身在梦境，原来王夫人身穿鹅黄绸衫，衣服装饰，竟似极了大理无量山山洞中的石像。不过这王夫人是个中年美妇，四十岁不到年纪，洞中玉像却是个十八九岁的少女。比之洞中玉像，眉目口鼻均无这等美艳无伦，年纪固然不同，脸上也颇有风霜岁月的痕迹，但依稀有五六分相似。

而后来她的凶悍无礼、暴躁野蛮也让人对她退避三舍。这让人想起了《红楼梦》中宝玉对女子的评价："女孩儿未出嫁，是颗无价之宝珠，出了嫁，不知怎么就变出许多的不好的毛病来，虽是颗珠子，却没有光彩宝色，是颗死珠了，再老了，更变的不是珠子，竟是鱼眼睛了。"她已经失去了过往所有的灵气与俏美，满心怨恨，一意复仇。

虽然，她住的地方分外美好，唤作曼陀山庄。这个名字，承载了她少女时代所有温柔的情怀与念想。她在曼陀山庄内种满大理山茶花，茶花云蒸霞蔚，像是她年轻时漫上双颊的粉色。

当年，她正值韶华，容貌如花之时，不经意间邂逅了那个风流王爷，于是展开了一段极其缠绵温柔的恋情。最后，她才知道，使君有妇。

她不得不另嫁旁人。

她给女儿取名语嫣。或许是那时，他初见她，笑语嫣然。

她并不是天生风雅之人，她并不懂茶花。她只是因为爱了他，便一并爱了茶花。当段誉前来之时，她才知道，原来茶花中还有这么明丽曼妙的一番天地。她真是辜负茶花了。

她也辜负了青春，辜负了她自己。在她最好的年纪，笑语如珠的时候，她定没想到，自己会变成一个满怀恨意的中年怨妇。

段正淳唤她阿萝的时候，才让人拊掌感叹。原来如此凶狠毒辣的王夫人，还有着这么柔媚清美的闺名。

痴情，而又可悲。

她本来可以完全放下他，开始新的人生。但她没能做到。

为了他穷尽一生的怨恨，穷尽一生的等待。消减了容颜，蹉跎了岁月。

真不值得。

王语嫣
锦瑟华年谁与度

　　王语嫣是神清骨秀，温和干净的，她通晓天下武学，却不谙武功，自有一种遗世而独立的意味，却渐渐叫人难以停驻目光。而她仍是自在从容，浑不知他人心中因她而起的波澜。

　　王语嫣的美貌在出场之前就有一大段铺垫。段誉因有奇遇，到了大理无量山石洞，见到了恍若姑射真人的美貌玉像，并为此神魂颠倒，不能自已。直到见到和玉像一模一样的王语嫣，立刻就爱上了她。

　　古希腊神话中，皮格马利翁深深爱上了自己雕刻的象牙雕像，那象牙雕像是一座妙龄女子。他的爱情感动了爱神，爱神维拉斯赋予了雕像以生命。于是，有一天，当皮格马利翁像往常一样凝视着雕像时，雕像居然变成了一个真正的美人。

　　当段誉第一次见到王语嫣时，也是像皮格马利翁一般震惊且欢喜吧。

她的相貌，和无量山石洞中的玉像般全然无异，除了服饰不同之外，脸型、眼睛、鼻子、嘴唇、耳朵、肤色、身材等，竟然没一处不像，宛然便是那玉像复活。

段誉在梦魂之中，已不知几千几百遍的思念那玉像，此刻眼前亲见，真不知身在何处，是人间还是天上？

心心念念却邈远而不可得的美人，此刻便在眼前，她只发出一声轻轻的叹息，霎时之间，段誉便不由得全身一震，一颗心怦怦跳动。

其实，初见段誉时，王语嫣装束极为简单，不过是藕色纱衫，身形苗条，长发用一根银色丝带轻轻挽住。

但在段誉看来，只觉这女郎身旁似有烟霞轻笼，当真非尘世中人。她的声音像洞箫般动听，她的眼泪滴在地下的青草上，晶莹生光，如清晨的露珠。而她周身都浸润着淡淡的书卷气，微笑隽永，风姿照人。

就这么一见，段誉便已对王语嫣魂牵梦绕，再也放不下来。

她在曼陀山庄长大，这是一个封闭的小世界，她的母亲是因为爱情而处于半癫狂状态的王夫人，她从未接触过外界社会，甚至不知道自己是否美貌。她把自己寄托于书本，静静在家中的琅嬛玉洞中读书，直到成长为满身书香的如玉女子。

有人觉得王语嫣不够灵动，但在这样消磨灵气的封闭环境里，她能长成如此佳人，已经是慧颖过人了。

而她在段誉的鼓励下，又能勇敢地突破母亲的禁锢，绝不是唯唯诺诺的平庸女子。她毅然离岛而去，乘船过湖，从此开始自己真正的人生之旅。从此，广阔的世界在她的眼前，徐徐展开。她的青春终于开始精彩。

"关关雎鸠，在河之洲。窈窕淑女，君子好逑。求之不得，寤寐思服。优哉游哉，辗转反侧。"他一直跟随着她，她到哪，他就跟到哪，全然不顾旁人的眼光。

他对她的痴情与追求，她不是不知道，起初却并没有放在心上。因为，她已经有了一位心上人，表哥慕容复，他是与北乔峰齐名的南慕容，武林中极出名的青年才俊。

她崇拜他，仰视他，为了他，她熟读天下武学书籍。她聪明伶俐，几乎过目不忘，并且已经融会贯通。结果，她不仅熟知各门派武学的招式与路数，而且深谙招式的实战运用技巧，甚至随口点拨，便能使人反败为胜。

而他却一直不知道，她读书是为他读的，记忆武功也是为他记的。她知道他的雄心壮志，一心一意希望能够帮助他，支持他。因此，她也一直站在他的身边。而她心中，却满是小女儿的柔情。"若不是为了他，我宁可养些小鸡儿玩玩，或者是弹弹琴，写写字。"她只愿与心上人携手终老。

她对慕容复的心思，亦如段誉对她的心思。缥缈峰上，群雄乱作一团时，段誉全心所注，本来只是王语嫣一人，见王语嫣受迫，便迅速出手救了她。而王语嫣挂念表哥，要回去救他。段誉胸口一酸，知她心念所系，只在慕容公子一人。

顷刻之间，他心中已转了无数念头，想象王语嫣随慕容复而去，此后天涯海角，再无相见之日，自己漂泊江湖，数十年中郁郁寡欢，最后饮恨而终，所谓"天长地久有时尽，此恨绵绵无绝期"。

在群雄吵吵嚷嚷地商量着去征讨天山童姥时，段誉双手反背在后，仰天望月，长声吟道："月出皎兮，佼人僚兮；舒窈纠兮，劳心悄兮。"在他心中，她是如月光一般皎洁清丽的美人。而她心中另有所爱，始终不肯多看他一眼，他心中愁思难舒，不由得忧心悄悄。

段誉虽然痴爱王语嫣，但他也尊重她的爱情。但想不到的是，慕容复虽知表妹温柔美貌，世所罕有，也曾有过得妻如此，复有何憾之感，但他为了要得到天下，却最终仍是负了她。

当慕容复举手将段誉掷进一口枯井中时，王语嫣见慕容复竟凉薄至此。她对他的心，终究是死了。

她纵身一跃，也跳下井来。

在井底淤泥之中，王语嫣终于深深感动于段誉心意，两人私订终身。她终于知道，这世界上谁是真的爱她、怜她，是谁把她看得比自己性命还重。

在西夏王宫之中，公主侍女问段誉道："王子既然到此，也请回答三问。第一问，王子一生之中，在何处最是快乐逍遥？"段誉脱口而出："在一口枯井的烂泥之中。"就是在这枯井之中，她明澈的眼波之中终于有了他的影子。他如登极乐，不再作他想。只要能跟她在一起，就算是泥泞枯井，也如同天堂。

王语嫣博学多才，满浸书香，然而淡然静美，因与世隔绝而显得天真，但骨子里是秀慧的。

她爱的人，不值得爱。于是，她便不再爱。

但是她对段誉，真的是爱吗？总觉得那更多的是感动，还有退而求其次的安逸归宿。段誉爱的是她的美貌，她爱的是段誉的痴情。

许多人不喜欢王语嫣，却爱这段爱情。

新修版的《天龙八部》，让段誉对王语嫣变心，转而娶了木婉清、钟灵，以及阿碧，让很多女孩子难过。改过的小说显然更现实，连段誉对爱情都不再坚持，不再包容，那么，爱情的童话在哪里？

还是喜欢原来的故事。她回过头去，永远有段誉，含笑站在那里。

他爱她，永远为期。

木婉清

有美一人，清扬婉兮

这春日的清晨，山野间青草葳蕤，枝叶蔓延，露珠在碧草上闪闪烁烁，在这一片宁静清新之中，忽然飘来了一位姑娘，她如同青草上的露珠一般清新。"野有蔓草，零露溥兮。有美一人，清扬婉兮"，美得水灵明澈。

段誉便是在深谷之中，遇见了一身黑衣的木婉清，她黑纱蒙面，只露出一双秋水般明净的眼眸，骑着一匹名叫黑玫瑰的骏马，英姿飒爽。周身一阵香气，似兰非兰，似麝非麝，气息虽不甚浓，但幽幽沉沉。

段誉初见她时，只觉身影婀娜，一双眼眸亮如点漆。行事对他蛮横无理，一语不合，袖中短笛倏忽而出。她的声音清脆动听，但语气中却冷冰冰地，不带丝毫暖意。

那时，他怎会料到，自己的软款温柔，却让这个从深谷中来的女子，将一缕情丝飘绾在他身上，牢牢系住，从此念念不忘。

　　木婉清在崖边受伤后，段誉自山溪中掬了一捧清水给她喝，于是她不得不揭起了面幕一角，其时日方正中，明亮的阳光照在她下半张脸上。只见她下颌尖尖，脸色白腻，光滑晶莹，樱桃小口灵巧端正，嘴唇甚薄，两排细细的牙齿便如碎玉一般。这时溪水已从段誉手指缝中不住流下，溅得木婉清半边脸上都是水点，有如玉承明珠，花凝晓露。

　　待到她揭开黑色面纱，"段誉登时全身一震，眼前所见，如新月清晕，如花树堆雪，一张脸秀丽绝俗，只是过于苍白，没半点血色。"更是惊为天人。

　　她一直在深谷中长大，不通世事，不晓诗书，单纯率真，犹如浑金璞玉。她揭晓心意后，对待段誉妩媚温存，再无半分蛮横。而在进入大理王宫之后，她才知道段誉是身份高贵之人，心中渐渐不安。在大理皇帝和皇后面前，她心中想着什么，口中便说了出来，皇帝也不禁赞她天真诚朴，有趣得紧。

　　遇见他之前，她是一个幽居深谷，摘花采果，满身山野灵气，率性自由的女子。遇见他之后，她成了一个柔情百转的天涯断肠人，惆怅远行，无可言说。

　　因为她爱的年轻公子，爱的人却不是她。

　　段誉被下催情药之后，情知和木婉清多说一句话，便多一分危险，但她身上的幽香细细，无法不令他神魂飘荡。他面壁而坐思索"凌波微步"中一步步复杂的步法，昏昏沉沉地过了良久，忽想："那石洞中的神仙姐姐比婉妹美丽十倍，我若要娶妻，只有娶得那位神仙姐姐这才不枉了。"

她其实已是绝美之姿，但他还痴心妄想着更美的女子。而后来，他的情丝，确实也绕在那个更美的女子身上，甚至神魂颠倒，不能自已。

在旧版的结局中，段誉助萧峰大战，木婉清出现相助段誉，后来段誉携王语嫣一行南归大理，却也没有提及这个清扬婉兮的女子的去向。她会去向哪里呢？也许，骄傲独立的她不愿再追随段誉，黯然又回到了深谷。独自一人，天寒翠袖薄，日暮依修竹。从此，绝代有佳人，幽居在深谷。

新版《天龙八部》里，则是让木姑娘如愿以偿地嫁给了段誉。但是，这份要与众多女子共同分享的爱情，绝不是倔强骄傲的木姑娘想要的。

钟　灵

娉娉袅袅十三余，豆蔻梢头二月初

钟灵是灵动的少女，灵气逼人，极其可爱。

钟灵一开场便觉惊艳。穿着一身青衫，脚上一双葱绿绣黄色小花的鞋子，笑靥如花，手中握着十来条尺许长小蛇。她悠闲地坐在正梁上嗑着瓜子，双脚一荡一荡地看热闹。

大厅上一片剑拔弩张的气氛，左子穆逼问钟灵的来历，急欲从她那里探听消息，她完全不理，忽然问："你吃瓜子不吃？"完全是一派小女儿天真烂漫的可爱。左子穆忍着怒道："不吃！"段誉在旁插口问："你有什么瓜子？桂花？玫瑰？还是松子味的？"

两个人坐在梁上自顾自地嗑瓜子，段誉把瓜子壳一片一片放在梁上，钟灵却顺口乱吐，瓜子壳在众人头顶乱飞，令在场的江湖大佬哭笑不得。

而这少女竟也不是普通人家的姑娘。她腰间皮囊里藏着闪电貂儿，手里抓着喂貂的小毒蛇，这些小蛇或青或花，头呈三角，均是毒蛇。但她拿在手上，便如是玩物一般，毫不惧怕。为了相救段誉，她忽然就丢两条小青蛇吓唬那些江湖豪客，或者从左腰皮囊里掏出毛茸茸的闪电貂，掷向他们，令他们哭笑不得，手忙脚乱。

她只是觉得好玩儿，一派天真烂漫。

后来，钟灵和段誉一起被抓。在面对敌人的要挟时，钟灵哭道："我不是大丈夫！我不要视死如归！我偏要示弱！"真是可爱极了！

金庸写这段的时候，笔下满是清澈明朗的小儿女情怀，全无人间烟火气息。

这是她一生中的好时光，心无挂碍，快活无忧，满身都是灵气，有热闹看就欢欢喜喜。

钟灵是最有少女气息的角色，她就像清灵可人的邻家小妹，娇憨明艳。如果段誉初见钟灵，就怦然心动，不去经历大风大浪，而安心于小儿女嫣然的欢喜，只静静看她明澈的笑容，盈盈的笑意如水波泛动，仿佛能用手掬起，也是另一种幸福吧。

她对段誉，也是少女的情窦初开，并未情根深种。后来她出去寻找段誉，再重逢时，段誉见到她神情，脑中蓦地里出现了一幅图画。那是她坐在无量宫大厅的横梁上，两只脚一荡一荡，嘴里咬着瓜子，她那双葱绿鞋上所绣的几朵黄色小花，这时竟似看得清清楚楚。

她的娇憨可爱，竟让他无法忘怀，一直记在心中。

当她误认为段誉是她哥哥的时候，也并未像木婉清一般伤心欲绝，她年纪幼小，向来天真活泼，虽对段誉钟情，却不是铭心刻骨的相恋，只是觉得和他在一起相聚，心中说不出的安慰，段誉心中念着别人，不大理睬自己，更是颇为难过，然而除此之外，却也不觉得如何了。

这样明朗的少女，是自带光芒，让人心生欢喜的，即使有忧愁，也会如烟雾一般，被风吹净。

便像是网上流传的一段小歌谣，满是天真而甜蜜的欢喜："我想要一套小房子，做你的小妻子，一起提着菜篮子，穿过门前的小巷子，饭后用不着你洗盘子，可你得负责抹桌子，再要个胖胖的小孩子，可爱得就像小丸子，等你长出了白胡子，坐在家中老椅子，可会记得这好日子，和我美丽的花裙子。"

阿　朱

相怜相念倍相亲，一生一代一双人

／

　　段誉第一次见到阿朱时，她又扮孙三，又扮老夫人，惟妙惟肖，活灵活现。段誉也是从她身上散发的淡淡幽香才发现她是个娇俏少女。

　　后来她以本来面目相见，是一位身穿淡绛纱衫的女郎，也是盈盈十六七年纪，向着段誉似笑非笑，一脸精灵顽皮的神气。鹅蛋脸，眼珠灵动，另有一股动人气韵。

　　阿朱也是个极有生活情趣的人，有点儿像清代蒋坦所写的《秋灯琐忆》里的秋芙。她的一笑一颦，无不惹人怜爱，一举一动，无不牵人心魂。阿朱住在"听香水榭"，会调制花露，如茉莉花露，玫瑰花路，寒梅花露等。阿朱会做荷叶冬笋汤、樱桃火腿、龙井菜叶鸡丁等，鱼虾肉食中加以花瓣鲜果，颜色既美，且别有天然清香。

　　阿朱娇美聪明，活灵活现，跟她在一起，生活定总是有惊喜不断。

她本是那样娇小玲珑、俏美可爱的姑娘，本来是无忧无虑生活在姑苏燕子坞，谁知道出得江南来，遇到了她一生中的挚爱乔峰，那个威震群雄，义薄云天的男子。

聚贤庄一役后，阿朱全心全意地爱上了萧峰。这似乎是爱情的力量。爱情总能让人成长。因为爱一个人而成熟，因为爱上一个闪闪发亮的人，而让自己也闪闪发亮。

他是闻名天下的盖世英豪，倪匡认为"若论意气之豪迈，行笔之光明，胸襟之开阔，唯有萧峰"。而她，不过是姑苏慕容门下的小小丫鬟，两人地位悬殊。但阿朱倾慕乔峰，他是她心中的偶像。而她这个崇拜大英雄的小丫头，居然能有如此勇气和胆识站在大英雄身边，和他平等对视，倾心相爱。

她在山上足足等了他五天五夜，终于等到他回来。乔峰心中悲愤之时，听到少女的戏谑之声。乔峰一怔，回过头来，只见山坡旁一株花树之下，站着一个盈盈少女，身穿淡红衫子，嘴角边带着微笑，脉脉地凝视自己，正是阿朱。

再见到萧峰后，阿朱成了一个睿智温柔的女子。她仿佛是一夜之间成熟起来，从天真活泼变成温柔懂事。

她对乔峰说："汉人中有好人坏人，契丹人中，自然也有好人坏人。乔大爷，你别把这种事放在心上。阿朱的性命是你救的，你是汉人也好，是契丹人也好，对我全无分别。"

在他众叛亲离的时候，她来到他身边，给他凄苦时最温暖的慰藉。她不但想尽办法处处安慰他，同时也使出自己的本领来支持和帮助他做到他想做的事。就算全世界都把他抛弃，至少还有一个阿朱温柔地爱，无条件地崇拜他、珍惜他。

这样的阿朱，乔峰无法不爱上。

他们约定，一待大仇得报，两人便结伴到雁门关外放牧。天苍苍，野茫茫，豪迈汉子，牵着一个红衣姑娘。那雁门关外，有大片的草原，成群的牛羊，还有牧人的歌声时时回响。

他看着她在灯下一针一线地缝着他的衣衫，唇角不由得浮出笑容。得妻如此，夫复何求？她成了他心里最温暖也最柔软的地方。

可惜峰回路转，阴差阳错。阿朱为了救父亲，以卓绝的易容之术，假扮了段正淳，让乔峰一掌打死，两人从此生死相隔，不再相见。

他舍不得葬了她。他耳中隐隐约约似乎听到她的声音，约定到雁门关外骑马打猎、牧牛放羊，要陪他一辈子。不到一天之前，她还在说着这些有时深情、有时俏皮、有时正经、有时胡闹的话，从今之后再也听不到了。在塞上牧牛放羊的誓约，就此成空了。

好像整个世界都随着她离他而去。他心痛如绞。

阿朱是深爱乔峰的，但小小年纪的她，仍然还不懂什么是爱，她认为爱是毫无保留的付出，是令人痛惜的牺牲，却不懂得，爱是对自己，以及对方的疼惜和仁慈。对于乔峰来说，仇恨冤屈与阿朱的命比起来，哪个更重要？自然是阿朱更重要。

这样的姑娘，为他一厢情愿，为他舍生付出，她完全感动了自己，却让对方以后的人生都在孤寂和内疚中度过，让他深感挫败和无力。从这个意义上来说，这样的姑娘又何其残忍。在这件事情上，她从未考虑过，也未尊重过对方的处境和感受。实际上，她以爱的名义深深伤害了他。

萧峰心心念念，就只念着她的好。辽国要给他选汉人美女，但在他心中，阿朱就是阿朱，四海列国，千秋万载，就只一个阿朱。岂是一千个、一万个汉人美女所能代替得了的。

阿朱的妹妹阿紫对他苦恋，甚至设计暗算他。而他在失手打伤阿紫之后，不惜一切代价去救活她，照顾她。因为她是阿朱的妹妹。

在阿紫苦苦相逼之后，萧峰轻轻抚摩阿紫秀发，低声道，他这一生只喜欢过一个女子，那就是阿朱，永远不会有第二个女子能代替阿朱，他也决计不会再去喜欢哪一个女子。

只是，慧极必伤，情深不寿。虽然，阿朱已经足够美好足够善良，却还不够通透和智慧。她最终没能给自己和爱人一个更圆满的结局。

阿　碧

垆边人似月，皓腕凝霜雪

水乡一片荡漾着的青碧，水乡的女子，也如阿碧一般温柔。绿衣少女唱着一首娇柔无邪的歌儿，在悠悠地碧水上摇着船橹，一双纤手皓肤如玉，映着绿波，便如透明一般。就这样，她如同一幅画儿，一首小词一般，飘到了段誉面前。

在段誉的眼中，阿碧是瓜子脸，清雅秀丽。说话声音极甜极清，令人一听之下，说不出的舒适，约莫十六七岁年纪，满脸都是温柔，满身尽是秀气。

段誉初见阿碧，她娇嫩清新得便如刚刚出水的新荷。而她还唱着那样一首美丽的"菡萏香连十顷陂，小姑贪戏采莲迟。晚来弄水船头滩，笑脱红裙裹鸭儿"，歌声娇柔无邪，欢悦动心，就这样飘进了段誉的心。

段誉和鸠摩智隔水相问，绿衣少女停下抬头，嫣然一笑，道：

"我是服侍公子抚琴吹笛的小丫头，叫作阿碧。"

阿碧的名字，似是来自于《碧玉歌》："碧玉小家女，不敢攀贵德。感郎千金意，惭无倾城色。"

碧玉小家女，也许是最初的恋爱对象，羞涩腼腆，并无大家闺秀的落落大方，可是活泼，生动，简单，很容易就让人喜欢上。并成为在长长的岁月里，男孩子心中最初对于这个世界的温柔念想。

阿碧便是如此。段誉心里有了她淡淡的影子，但他并不知晓自己微妙的心思，她更是浑然不觉。

阿碧在船上采摘到红菱，分给众人品尝，因见段誉无法剥开，阿碧便伸手轻轻帮他剥开，段誉见那菱皮肉光洁，送入嘴中，甘香爽脆，清甜非凡，笑道这红菱的滋味清而不腻，便和阿碧唱的小曲一般。阿碧脸上微微一红，段誉心中，却有莫名的轻松愉悦之感，如同船滑过碧琉璃一般的水面，涟漪轻轻曼开。

这样温柔美丽的少女，却是姑苏慕容家的婢女，段誉邂逅她时，她心里已经住进了一个人，那便是与北乔峰齐名的"南慕容"慕容复。阿碧从小服侍他长大，一心一意记挂着她的"公子爷"。那公子爷面如冠玉，文武双全，潇洒娴雅，还是鲜卑皇族后裔，在小女孩心中，便是天神一般的人物，心中暗暗崇拜的对象，想起他来，便忍不住唇角上弯的弧度。

后来，段誉跟着阿碧来到了她所居住的"琴韵小筑"。她本来就是江南风雅的人物，一并连住处的名称、所烧的小菜都清幽淡雅。阿碧待客是清香碧绿的"碧螺春"，做的菜是荷叶冬笋汤、翡翠鱼圆，都是碧绿清新，宛若她的人一般。

几番波折之后，段誉与阿朱、阿碧还有王语嫣同行，去寻找慕容复，后来听说慕容复将归，女儿家的心思，便全飘系在了那未出场的公子爷身上。段誉赌气告别，却遥遥听得阿碧说道："阿朱阿姊，公子替换的内衣裤够不够？今晚咱两个赶着一人缝一套好不好？"段誉是否离去，全不在阿碧关心范围内，阿碧心中已经涨满了盈盈的快乐。而她又是那样体贴入微，温柔宛转，王语嫣只想到再见表哥的欢喜，而她却马上想到了公子爷的贴身冷暖。

巴天石微笑道："我们接连三晚，都在窗外见到那阿碧姑娘在缝一件男子的长袍，不住自言自语：'公子爷，侬在外头冷？侬啥辰光才回来？'公子爷，她是缝给你的罢？"段誉忙道："不是，不是。她是缝给慕容公子的。"巴天石道："是啊，我瞧这小丫头神魂颠倒的，老是想着她的公子爷，我们三个穿房入舍，她全没察觉。"

这样骨子里都透着十二分的温柔的少女阿碧，令见惯美女的段誉忍不住感叹："想不到江南女子，一美至斯。"其实阿碧也非绝美，但八分容貌，加上十二分的温柔，便不逊于十分人才的美女。她神情、说话、体态、举止的婉约温柔，绰约风神，便已教人心神俱醉。

段誉曾在水声轻悠中，湖上清香，晨曦初上，但见船尾阿碧划动木桨，皓腕如玉，绿衫微动，平时读过与江南美女有关的词句，一句句在心底流过："无风水面琉璃滑，不觉船移，微动涟漪。""消魂。池塘别后，曾行处，绿妒轻裙。恁时携素手，乱花飞絮里，缓步香茵。""遍绿野，嬉游醉眠，莫负青春。"段誉曾被阿碧大为倾倒，但觉她清秀温雅，柔情似水，在她身畔，说不出的愉悦平和，心里偷偷地遐想，倘若长卧小舟，与此女为伴，但求永为良友，共弄绿水，仰观星辰，此生更无他求了。

旧版《天龙八部》里，段誉对阿碧不过是对偶然邂逅的美好人儿不自禁的心动喜欢。而新版的《天龙八部》中，则是写了段誉对阿碧由始至终的念念不忘。初见的惊艳，在段誉心中未曾淡去半分。他总每每在偶然的一个瞬间，忽然想起太湖边淡绿衫子的少女。他看到一望无际的绿野，便想起了太湖的春水碧波、阿碧的绿色罗裙。因此，新版《天龙八部》中，段誉最终娶了阿碧。

可阿碧眼中心中，就只有一个慕容复，段誉的赞美欣赏，那便如同过眼烟云一般轻如袅烟。那可公子爷慕容复，心中只有复国大计，虽然待她不薄，但从未将阿碧这个小丫头放在心上。

慕容复本是人中龙凤，但一心复国，过于执着，为此付出了自己所有的青春与激情，甚至尊严与爱情，却仍然处处碰壁，屡屡受挫。

执者失之。到最后，他什么都没有了，"大燕"幻梦破灭，没有了天仙一般的表妹王语嫣的痴恋，没有了包不同等家臣们的支持与拥护，曾经意气风发叱咤风云不可一世的南慕容终于被现实所击倒，终于发了疯，变得痴痴呆呆，成天便戴着纸冠和乡间小儿扮当皇帝的游戏。

而此刻，唯一伴在他身旁不离不弃的，正是昔日在春波碧水中无忧无虑荡着小舟的少女阿碧。此时的阿碧，仍是一套淡绿衣衫，皓腕如玉，人美如月，但明艳的脸上却凄楚憔悴，她从一只篮中取出糖果糕饼，分给众小儿，语音呜咽，一滴滴泪水却落入竹篮之中。

段誉见到阿碧的神情，怜惜之念大起，只盼招呼她和慕容复回去大理，妥为安顿，却见她瞧着慕容复的眼色中柔情无限，而慕容复也是一副志得意满之态，心中登时一凛："各有各的缘法，慕容兄与阿碧如此，我觉得他们可怜，其实他们心中，焉知不是心满意足？我又何必多事？"

她仍痴痴凝望着她的公子爷，柔情无限。

记得绿罗裙，处处怜芳草。

他已经不再记得她，而她仍怜惜着他。

阿　紫

要见无因见，了拼终难拼

　　阿紫便如一株罂粟花，她是美丽的，也是有毒的。

　　她出场时是从花树中钻出来，全身紫衫，只十五六岁年纪，比阿朱还小着两岁，一双大眼乌溜溜的，满脸精怪之气。

　　她瞥见阿朱，便不理渔人，跳跳蹦蹦地奔到阿朱身前，拉住了她手，笑道："这位姊姊长得好俊，我很喜欢你呢！"

　　如此天真可爱，稚气美丽，谁知道她竟然如此歹毒、残忍、冷血、势利、骄傲，自私？

　　然而，她作为少女的美丽，只有那傻乎乎的少年游坦之注意到了。初次见到她时，他只觉得她清秀美丽，一呆之下，说不出话来。后来，一想到阿紫的形貌。胸口莫名其妙一热，跟着脸上也热烘烘地，只想："不知什么时候，能再见这脸色苍白、纤弱秀美的小姑娘。"

后来阿紫把他抓了起来。他又见到了她。她赤着双脚，踏在地毯之上，一双雪白晶莹的小脚，当真是如玉之润，如缎之柔，十个脚趾的趾甲都作淡红色，像十片小小花瓣。他全然忘了身处险境，眼里只有那个美丽的小姑娘。

阿紫抬头，见游坦之目不转睛地瞧着自己，便问："你瞧着我干什么？"游坦之早将生死置之度外，便道："你好看，我就看着你！"

阿紫俏脸一红，暗生欢喜。她一生之中，从来没一年青男子当面赞她好看。在星宿派艺之时，众师兄都当她是个精灵顽皮的小女孩；跟着萧峰在一起时，他不是怕捣蛋，便是担心她突然死去，从来没留神她生得美貌，还是难看。

阿紫虽然百般折磨于他，但他对她，竟始终不能忘情。他的心里便只有她，忘却了家族的仇恨与少年的雄心。为了取得阿紫的欢心，他可以与狮子搏命，可以以身试冰蚕，可以成为铁头人。

他爱她怜她敬她，但阿紫却偏偏不喜欢他。阿紫的感情是极其浓烈决绝的，爱了就是爱了，不爱就是不爱，而对于游坦之，不管他做了多少事情，她始终不感动，也不领情。

在阿紫双目中毒而盲时，他飞身出来救她。她只道是位大英雄，再想不到是自己根本不放在心上的铁头人。他握着阿紫柔软滑腻的小手，带着她走出树林，心中只是想："只要我能握着她的手，这样慢慢走去，便是走到十八层地狱里，我也是欢喜无限。

他爱的是她，而她爱的是姐夫乔峰，收敛了她的恶性，更多的是展示了她孩童式的可爱。如果乔峰对她也是柔情呵护的话，她也许能恢复少女的本真与善良。

而她对他的爱也是孩童式的，她不会像姐姐阿朱一样去温柔体贴，软语缱绻，真正地去关心他，而是充满着强烈的占有欲。而乔峰对阿朱始终是念念不忘。阿朱在他心中，再没有人可以取代。他的真心，不再给任何女子。阿紫的诸般痴心，终是付诸流水。

　　阿紫费尽心思，想要乔峰爱上自己，甚至不惜在雪地里向乔峰射出毒针，诱使萧峰重击了自己一掌，终于每日能得到萧峰的悉心照料，她微笑说："我宁可永远动弹不得，你便天天这般陪着我。"她只是为了要他留在自己身边。

　　她在他面前，始终是个孩子，不断地索取温情，而忘了如何付出。他能给的他都给了，唯独不能给她爱情。

　　爱是含笑饮砒霜，她义无反顾地饮下了。

　　还有一个人也义无反顾地饮下了。

　　他，便是游坦之。

梦　姑

车遥遥兮马洋洋，追思君兮不可忘

　　她是虚竹的梦姑，两人在黑暗的冰窖中相遇，彼此看不见对方的面容，只有最原始也最洁净的欲望，同时达到人世间最极致的快乐。林清玄曾说："黑夜也没什么不好，愈是黑暗的晚上，月亮与星星就愈是美丽了。"

　　这番奇遇，两人均是刻骨铭心，亲密得已经融为一体，但却又陌生得连对方的面容和名字都不知道。虚竹对他说："我只当你是我梦中的仙姑，你只当我是你梦中的情郎吧。"

　　然而，梦醒过后，如何能真正当作大梦一场？他无时无刻不在记挂着她，而她也在筹划着寻找他。他傻里傻气，而她冰雪聪明，居然想到了张榜招婿这一高招。

　　在西夏国招婿之时，银川公主始终都没露面，只是从金庸的侧面描写中，能感知到她是绝色女子。在西夏宫中，一少女亮相之时，众人登时眼睛为之一亮，只见这少女身形苗条，举止娴雅，面貌更是十分秀美。众人都暗暗喝一声彩："人称银川公主丽色无双，果然名不虚传。"慕容复更想："我初时尚提心银川公主容貌不美，原来她虽比表妹似乎稍有不及，却也是千中挑、万中选的美女。"

后来才知道，这个美貌少女只是公主身边的侍女。侍女尚且如此美貌，公主之美，就更难以想象了。

公主给来求婚的男子各出三道问题，这种别出心裁的方式，果然收到了奇效。酒罢问君三语，三问三答。虚竹之三答，这才出现真命天子。

那宫女道："先生尊姓大名？"虚竹道："我么……我么……我道号虚竹子。我是……出……出……那个……绝不是来求亲的，不过陪着我三弟来而已。"那宫女问："先生平生在什么地方最是快乐？"

虚竹轻叹一声，说道："在一个黑暗的冰窖之中。"

忽听得一个女子声音"啊"的一声低呼，跟着呛啷一声响，一只瓷杯掉到地下，打得粉碎。

那宫女又问："先生生平最爱之人，叫什么名字？"

虚竹道："唉！我……我不知道那位姑娘叫什么名字。"

众人都哈哈大笑起来，均想此人是个大傻瓜，不知对方姓名，便倾心相爱。

那宫女道："不知那位姑娘的姓名，那也不是奇事，当年孝子董永见到天上仙女下凡，并不知她的姓名底细，就爱上了她。虚竹子先生，这位姑娘的容貌定然是美丽非凡了？"

虚竹道："她容貌如何，这也是从来没看见过。"

霎时之间，石室中笑声雷动，都觉真是天下奇闻，也有人以为虚竹是故意说笑。

众人哄笑声中，忽听得一个女子声音低低问："你……你可是'梦郎'么？"

虚竹大吃一惊，颤声道："你……你……你可是'梦姑'么？这可想死我了。"不自由主地向前跨了几步，只闻到一阵馨香，一只温软柔滑的手掌已握住了他手，一个熟悉的声音在他耳边悄声道："梦郎，我便是找你不到，这才请父皇贴下榜文，邀你到来。"虚竹更是惊讶，你……你便是……"那少女："咱们到里面说话去，梦郎，我日日夜夜，就盼有此时此刻……"一面细声低语，一面握着他手，悄没声地穿过帷幕，踏着厚厚的地毯，走向内堂。

梦姑终于找到了梦郎，梦郎终于再次拥有了梦姑，童话和梦境般的爱情，正要在此神秘和浪漫的场合下发生。

虚竹给段誉的便条上写："我很好，极好，说不出的快活。"这也只有段誉能真正理解。

但梦姑的容貌究竟如何惊为天人，书中却是避而不谈。她脸上始终蒙着面纱，只露出一双秋水明眸。阿紫曾对乔峰笑道："姊夫你不知道，虚竹子的老婆，便是西夏国公主，只不过她的脸始终用面幕遮着，除了小和尚一人之外，谁也不给瞧。我问小和尚：'你老婆美不美？'小和尚总是笑而不言。"

阿紫又曾在她面前抢着道："二嫂，到了灵鹫宫，你除下面幕，我也要瞧的。人人都说你花容月貌，世间无双，世上就只小和尚一个儿见到，太可惜了！"

在面纱后面，她只是悄然微笑。

她的美，只对着她心爱的他而绽放。至于别人，知不知道她绝世的美，又有什么打紧呢？

黄 蓉

窈窕淑女，君子好逑

　　黄蓉的头次出场，只觉千伶百俐。在少年郭靖面前，黄蓉扮成一个约莫十五六岁年纪的少年，头上歪戴着一顶黑黝黝的破帽，脸上手上全是黑煤，早已瞧不出本来面目，手里拿着一个馒头，嘻嘻而笑，露出两排晶晶发亮的雪白细牙，眼珠漆黑，甚是灵动。

　　郭靖初次见到这灵动少年，只道是寻常小丐，觉他可怜，于是邀他上酒楼同食。少年点了一圈儿精致江南美食，干果四样是荔枝、桂圆、蒸枣、银杏，鲜果是砌香樱桃和姜丝梅儿，蜜饯要玫瑰金橘、香药葡萄、糖霜桃条、梨肉好郎君，酒菜是花炊鹌子、炒鸭掌、鸡舌羹、鹿肚酿江瑶、鸳鸯煎牛筋、菊花兔丝、爆獐腿、姜醋金银蹄子。这些精致美食，名字都如此旖旎如画。

　　郭靖与这少年边吃边谈，言语相投，不知如何，竟是感到了生平未有之喜。

依依分别之际，郭靖见那少年衣薄，便将自己貂裘脱下，披在少年身上。不过一句玩笑话，郭靖却当了真，将稀世之珍大宛宝马小红马相送。

少年转身之际，并不知此时，少女黄蓉的一颗芳心，已悄悄绾系于他身上。

他们的相遇，本属偶然。但十几岁的时候，为一个人怦然心动，理由是如此的简单。

这一动心，就是一辈子。

她就这样，与她生命里最美妙的缘分，不期而遇。

她对郭靖的动心，很简单也很真实。黄蓉的父亲黄药师为绝顶高手，天下奇才，他收罗天下奇珍，对女儿又怜爱异常，千依百顺，她见多识广，寻常人物全不在她眼里。郭靖之所以打动她，在于一颗毫无矫饰的真心。

易求无价宝，难得有情郎。黄蓉拥有一双慧眼，她爱上了生性宽厚平和、真心实意对她好的郭靖。

而少女黄蓉的再次出现，却是惊艳全场。郭靖来到黄蓉与他的约定之地，却不见人影，正疑惑间，突然身后有人轻轻一笑，水声响动，一叶扁舟从树丛中飘了出来。只见船尾一个女子持桨荡舟，长发披肩，全身白衣，头发上束了条金带，白雪一映，更是灿然生光。郭靖见这少女一身装束犹如仙女一般，不禁看得呆了。那船慢慢荡近，只见那女子不过十五六岁，肌肤胜雪，娇美无比，容貌绝丽。

黄蓉实在太美，以至于傻乎乎的郭靖，都能说出"好看极啦，真像我们雪山顶上的仙女一般"这样讨少女欢心的话。

少女黄蓉身上，沉淀了金庸所有关于女性美好的想象。容颜绝美，智计百出却又天真烂漫。而她又只有盈盈十五，刚刚长成的女孩儿，还带着三分稚气和七分顽皮，如同新荷出瓣，小艳疏香，清新无比。

她从小在桃花岛长大，那是绝世聪明的父亲黄药师所精心经营的一个海中孤岛，那里与世隔绝，遍地桃花。她聪明伶俐，家学渊源。她的父亲黄药师上通天文，下通地理，五行八卦、奇门遁甲、琴棋书画，甚至农田水利、经济兵略等亦无一不晓，无一不精。黄蓉小小年纪，便有乃父之风。

她武功高强自不待说，而功夫又都轻盈灵动。她的家学武功便是"兰花拂穴手""落英神剑掌""玉箫剑法"等。在完颜王府中，彭连虎突袭黄蓉。"黄蓉微微一惊，退避已来不及，右手挥出，拇指与食指扣起，余下三指略张，手指如一枝兰花般伸出，姿势美妙已极"，这就是"兰花拂穴手"。黄蓉与郭靖对掌，便用了"落英神剑掌"，她双臂挥动，四方八面都是掌影，或五虚一实，或八虚一实，直似桃林中狂风忽起，万花齐落，妙在手足飘逸，宛若翩翩起舞；在《神雕侠侣》中，黄蓉与李莫愁对打，黄蓉再用"落英神剑掌"，李莫愁见她指化为掌，掌化为指，"落英神剑掌"与"兰花拂穴手"交互为用，当真是掌来时如落英缤纷，指拂处若春兰葳蕤，不但招招凌厉，而且丰姿端丽……

这样一个文武双全的美貌佳人，居然还有一手绝顶厨艺。黄蓉给洪七公做菜。汤是"好逑汤"，取自《诗经》中的第一首《国风·周南·关雎》之"窈窕淑女，君子好逑"。用料有花瓣、樱桃、竹笋、荷叶。花瓣樱桃喻指美人。竹与荷叶喻指君子，君子美人，是以名"好逑汤"。而菜呢，是"二十四桥明月夜"，做法是先把一只火腿剖开，挖了廿四个圆孔，将豆腐削成廿四个小球分别放入孔内，扎住火腿再蒸，等到蒸熟，火腿的鲜味已全到了豆腐之中。还有"玉笛谁家听落梅"等等，无不是千伶百俐，千灵百巧。

她本身就是一个充满惊喜的人物。她于太湖上泛舟，吟唱豪迈词章，巧遇陆家庄主人及师兄陆乘风。她在茫茫大海中独自寻找郭靖，落难明霞岛，被洪七公授予衣钵，成为丐帮帮主；她在铁掌峰遇险，在南帝处求医，谈笑间便轻松赢过了大理国当年的状元郎。

她智计过人，一颗心玲珑剔透，一瞬间能转过十七八个心思。小小年纪，把久经江湖的西毒欧阳锋都玩弄于股掌之间。君山之上，一轮冰轮似的皎皎明月渐渐移至中天，黄蓉心念动处，碧青竹棍提指之处，丐帮内乱迎刃而解。小小女儿家，居然成江湖第一大帮的帮主。后来，欧阳峰与杨康在桃花岛上杀害江南六怪，嫁祸给黄药师，黄药师不屑争辩，黄蓉则凭着蛛丝马迹推理出全部的事实，于铁枪庙中的一片惊心动魄之中巧妙引导傻姑还原真相，令柯镇恶惭愧不已。后来在《神雕侠侣》中，一灯大师也赞美黄蓉大智大勇。

黄蓉虽然聪明绝顶，却也极有小女儿情趣。两人被迫分离时，黄蓉悄悄看望郭靖，被郭靖发觉，偷偷跟踪她。黄蓉径自奔向郊外，到了一条小溪之旁，坐在一株垂柳之下，从怀里摸出些东西，弯了腰玩弄。只听她说道："这个是靖哥哥，这个是蓉儿。你们两个乖乖地坐着，这么面对面的，是了，就是这样。"郭靖蹑着脚步，悄悄地走到她身后，月光下望过去，只见她面前放着两个无锡所产的泥娃娃，一男一女，都是肥肥胖胖，憨态可掬。

其时月光斜照，凉风吹拂柳丝，黄蓉衣衫的带子也是微微飘动，小溪流水，虫声唧唧，一片清幽，郭靖心中，也怕是一片月光般的宁静与温柔吧。

而两人共同行走江湖，却只觉"思无邪"。在小说中，两人乐也融融，或旷野间并肩而卧，或村店中同室而居，虽然情深爱笃，但两小无猜，不涉猥亵，黄蓉固不以为意，郭靖亦觉本该如此。而两人在明霞岛上毫不忸怩地讨论"生孩子"，更觉天真可爱。

她亦深深明白好的爱情是共同成长。黄蓉把郭靖带入了自己的圈子，毫无保留地分享了自己的人脉资源，极力支持着他的成长，郭靖由一个傻小子成长为一代大侠，以及新一代的江湖五绝高手，都离不开她的帮助。他何其幸运，遇到了像星星一样闪烁光芒的她，又因为她的机智弥补着自己的笨拙与无知，终于也成为了江湖上耀眼的一颗星。而她却从不居功，并因他的成功而比自己的成功更开心。

而她却也没有因为助他成长而放弃过对自己的培养，她的武功也臻一流，还是江湖第一大帮的帮主。她并肩站在他的身边，并不弱于他。后来在《神雕侠侣》中，郭靖、黄蓉两人齐声长啸，郭靖的啸声雄壮宏大，黄蓉的却是清亮高昂。两人的啸声交织在一起，有如一只大鹏一只小鸟并肩齐飞，越飞越高，那小鸟竟然始终不落于大鹏之后。这便像他们二人，始终共同成长，并驾齐驱，爱情的天平从未失衡。

黄蓉这样的女孩子，不管从哪方面来说，最终都是要收获幸福的。智商、情商都高，有颜值，又肯努力，最重要的是，她知道要什么。

是的，她不仅清醒地知道自己要的是什么，也知道郭靖要的是什么。小女孩的情商，远远超过她的年龄。一部《射雕英雄传》，字里行间，都是缱绻柔情与飞扬青春。初次的恋爱，绵延一生的缘分，一生一世一双人，由欢喜无邪的世间小儿女，成长为并肩驰骋天下的侠侣，共同创造传奇般的青春记忆。彼此心中眼中，都只有对方。在金庸的其他书中，再也没有了这样纯粹深沉又单纯无邪的爱情。

《神雕侠侣》中，虽然黄蓉韶华已逝，已经是几个孩子的妈妈，小仙女堕入凡尘，不免沾染了世俗之气，却仍美得出奇。被金轮法王围困在石阵里时，黄蓉棒法，抿嘴一笑，凉风拂鬓，夕阳下风致嫣然，依然仍有当年灵俏精怪、明亮伶俐的小蓉儿的影子。

《射雕英雄传》是一部真正的成年人的童话。黄蓉和郭靖的爱情，不仅是金庸小说中最理想化的爱情，也寄托了金庸所有关于爱情的梦想。灵秀清丽的俏黄蓉爱上了呆头呆脑的傻小子郭靖，少年男女携手共闯江湖，经历一个又一个惊心动魄，成就了一段英雄美人的缱绻传说。黄蓉不仅是美女，还是才女，千伶百俐，机变百出，却又温柔体贴，柔情缱绻。她是东邪之女，快意江湖，自由自在，却毫不犹豫地理解与支持爱人的家国理想，直至生命的最后一刻。

两个人若是有缘的话，无论什么事情，即使他们开头是敌对的，也分不开，只添了些戏剧性的小儿女的欢喜。两情相悦是一件奇妙的事情，尽管也许他们自己未曾明了，可是情不自禁地吸引和靠近，那些微妙的喜悦，是人生之中最美好的体验。郭靖和黄蓉便是如此，郭靖的师父叫她小妖女，后来柯镇恶更误会她父亲杀害自己兄弟，视她为大仇人。但少女黄蓉从来没有放弃过郭靖，以一缕柔情与满心坚韧坚持着，直到误会冰消。

两人重聚，心灵相通，生命终于晶莹璀璨的那一刻，任何迂回与艰辛，都值得。

穆念慈

妾拟将身嫁与，一生休

念慈者，怀念母亲也。杨铁心为养女取此名字，也另有深意，愿女儿"念慈"，便是蕴含着杨铁心对妻子包惜弱深沉的思念之意。

"念慈在慈"源自《尚书·大禹谟》："帝念哉！念兹在兹，释兹在兹。"而念慈的心中，的确是住着一个人，且念念不忘。

她自幼孤苦伶仃，却心地善良。她曾无意中救助了一个乞丐，引得丐帮帮主洪七公大为感动，亲自传授她三日武功。她得名师指点，武功从此不俗，还高过了名门之后的义父杨铁心。

也是因为这过人的武艺，义父想到了"比武招亲"，希望通过这种方式，找到自己的亲人。

比武招亲时，她与养父杨铁心摆下擂台，众人禁不住好奇地看她。只见她不过十七八岁年纪，亭亭玉立，虽然脸有风尘之色，但明眸皓齿，容颜姣好。那锦旗在朔风下飘扬飞舞，遮得那她脸上忽明忽暗。

她确实也是极美貌的姑娘，青春正好，武艺出众。在这杏花微雨的江南，她惊艳了众人的眼。

而那个顽皮的少年杨康，就是在这时，贸然闯入了她晶莹柔软的少女心灵。

他起初对她并没有半点情意，不过是轻薄无礼、戏弄欺骗而已。他与她在擂台上打斗，神情无礼，出手轻佻，还顺手脱下了她的一只绢鞋。少女含羞坐在擂台上，一缕情丝，却被悄然拨动，仿佛心中有千树花开，刹那间，便弥漫馥郁花香。

少年还未来得及说出什么，便被母亲包惜弱带走。他顺手把绢鞋放入怀中，转身走了。彼时，他并未动情，也没有存了一定要迎娶她的心思，却不知那倔强少女的一缕情丝，从此牢牢系于他身上。

爱的萌生，源自一场突如其来的邂逅。她对他一见钟情，从此念念不忘。

而一番沉浮变幻之后，杨康身世终被揭露，他再也不是金朝风流倜傥、一呼百应的小王爷，成了流落江湖、身世堪怜的布衣男子。而在她心中，他与当初没半点分别。

在他落难之际，她天天偷偷地去瞧他，在窗外痴痴凝望着他。他的影子映在纸窗上，她的心中柔情缱绻，却不让他知道。黄蓉知道这事后，心中好笑，于是便偷偷点了她的穴，将她投入窗中。

杨康伸手接住了她，惊诧不已。两人携手长谈，他这才明白那倔强少女的温柔心事。她深情如斯，他大为感动，这才真正爱上了她。

他并不是传统意义上的好男人，贪图富贵，眷恋权贵，处处争强好胜，不择手段，是那样薄情寡义。而她却义无反顾地爱他，爱得无怨无悔。

她外柔内刚，认定的事情，便会一直坚持下去。她爱上他，就从来没有放弃过他。她一直在等着他，等着他改邪归正。就算所有人都放弃他，她始终相信他一定会重新站在正义一方。

她的爱他肃然起敬。

他雕琢了一对晶莹剔透的玉鞋，刻上了"比武招亲"四字，送给了她。在知晓自己身世之后，他人性中的微茫光亮和些许温暖，都是来自于她。

杨康对穆念慈渐渐情深义重，为了她不惜得罪当时江湖上最大的魔头，他虽然热衷名利，追求富贵，但他对她，却是真心的。

后来他在铁掌峰上向她提出私订终身，她晕红双颊，答应了他的请求。就这样，她一心一意地把最纯粹的爱，交付给了他。

83版《射雕英雄传》电视剧中为穆念慈写了一段歌词，正契合她的心理："早已明知对他的爱，开始就不应该；我却宁可抛弃生命，痴心决不愿改。"

他死之后，她独自带着杨过回到嘉兴隐居，拒绝了那时已经名满天下的郭靖、黄蓉的帮助与支持，只安心做嘉兴乡下的一名农妇。这是杨康的家乡，她在这里，一个人守着他们的记忆。

过了十四年，她因病去世。临死之时，她要儿子杨过把自己的骨灰带到嘉兴铁枪庙，那是杨康的埋骨之处。不管世人如何看他，他在她心里，永远是那个英俊风流的少年，是她用整个青春去深爱的男子。

她的爱情，皎如明月，皑如白雪。

她从不后悔，那年的江南，花开正好，她遇见他。

冯 蘅

金风玉露一相逢，便胜却人间无数

/

　　"桃花影落飞神剑，碧海潮生按玉箫"，这是桃花岛上的对联。遥想那桃花岛上曾经一对年轻的璧人身影，足以叫人心醉神驰。

　　为何这个岛叫桃花岛，想必也含有世外桃源的意思。这是茫茫大海上孤零零的一座岛，也是黄药师和冯蘅构建的一个只属于他们的自在天地。他在岛上遍植桃花，整个岛都浸在芬芳之中。

　　很多年后，他们的女儿黄蓉带郭靖回桃花岛，船将近岛，郭靖已闻到海风中夹着扑鼻花香，远远望去，岛上郁郁葱葱，一团绿、一团红、一团黄、一团紫，真的是繁花似锦。

　　后来，欧阳锋和洪七公前来求亲。在黄药师的带领下，众人转出曲曲折折的竹林，眼前出现一大片荷塘。塘中白莲盛放，清香阵阵，莲叶田田，一条小石堤穿过荷塘中央。黄药师踏过小堤，将众人领入一座精舍。那屋子全是以不刨皮的松树搭成，屋外攀满了青藤。此时虽值炎夏，但众人一见到这间屋子，都是突感一阵清凉。哑仆送上茶来，那茶颜色碧绿，冷若雪水，入口凉沁心脾。

精致的园林风情，浸满古典文化的氛围，真是令人乐而忘忧。黄药师是深谙生活美学的人，当年，他就是与心爱之人冯蘅，这样诗意地栖居在这小岛上。

当年黄药师是如何邂逅冯蘅，如何构建了这么一座世外桃源的小岛，书中并没有交代。关于冯蘅，在《射雕英雄传》中也不过轻描淡写而已，只是从黄药师，周伯通，以及梅超风的回忆中，仿佛勾勒出这么一位风姿嫣然，笑容婉娈的美人儿。她虽然不懂武功，但温柔体贴，古灵精怪，极有生活情趣。而她又智慧过人，过目不忘，连夫君黄药师都赞叹不已。

想想那时，华山论剑刚过，黄药师力压群雄，又遇到如此美貌佳人，更是意气风发。人生巅峰，莫过于此了吧。

而她依偎在夫君身边，眉目如画，玲珑如玉，也定是心满意足，缱绻温柔。

冯蘅和黄药师，可称得上一对真正意义上的神仙眷侣。她的夫君黄药师到了年老之时，仍然形像清癯，风姿隽爽，萧疏轩举，湛然若神，可知年轻时也是一位翩翩美少年。而他的武功造诣非凡，已臻化境，是为当世的五绝之一。除此之外，黄药师上通天文，下通地理，五行八卦、奇门遁甲、琴棋书画，无一不晓，无一不精。而这样一位如同魏晋"有似明月之映幽夜，清风之过松林"的嵇康一般的绝世才子，视她为一生挚爱，如珠似宝。

而在《射雕英雄传》之中，冯蘅倩影渺渺，只永存在了别人的回忆之中。

冯蘅与黄药师新婚后，巧遇周伯通，当时周伯通将《九阴真经》的上卷藏妥之后，身上带了下卷经文，要送到南方雁荡山去收藏。冯蘅素知丈夫心意，她心中微微一动，决意要助丈夫夺得《九阴真经》。

冯蘅从周伯通手中只看了两遍《九阴真经》，便能背诵如流。很多年后，周伯通才醒悟过来，对郭靖说："那日黄夫人借了我经书去看，只看了两遍，可是她已一字不漏地记住啦。她和我一分手，就默写了出来给她丈夫。"

如此博闻强记，过目不忘，冯蘅真正当得起冰雪聪明四个字。黄药师曾对周伯通说："我这位夫人与众不同。"与众不同四个字，包含着他对娇妻多少深情缱绻与欣赏赞叹。

后来陈玄风和梅超风盗走《九阴真经》，黄药师大怒，冯蘅为了安慰丈夫，便想把《九阴真经》给默写出来，但是当时已经时隔数年，她又并不明白经文含义，苦苦思索几日，默写了七八千字，心力交瘁，生下黄蓉便去世了。

黄药师痛失爱妻，心神失常，把门下弟子全部驱逐出去，还把上门兴师问罪的周伯通在岛上关了十五年。

他伤心之下，去陆上捕拿造船巧匠，打造了一艘花船。这船的龙骨和寻常船只无异，但船底木材却并非用铁钉钉结，而是以生胶绳索缠在一起，泊在港中之时固是一艘极为华丽的花船，但如驶入大海，给浪涛一打，必致沉没。他本拟将妻子遗体放入船中，驾船出海，当波涌舟碎之际，按玉箫吹起《碧海潮生曲》，与妻子一齐葬身万丈洪涛之中。但每次临到出海，总是既不忍携女同行，又不忍将她抛下不顾。

于是，他造了墓室，先将妻子的棺木厝下。这艘船却是每年涂油漆，历时常新。想待女儿长大，有了妥善归宿，再行此事。

TVB电视剧《九阴真经》中，则专门摹写黄药师和冯蘅相遇、相知、相交、相爱的过程，再次精心刻画了这位奇女子的风采风姿。

"你似乎对我太有信心了，你别忘了，我的外号是东邪。"

"正邪只在一线之间，而我的看法往往和别人不同。"

"黄昏总是使诗人多愁善感，可是换个角度来看，落日熔金，暮云合璧，沉水吞碧落，斜月吐黄昏，何尝不是一番美景。"

"景色虽美，只可惜已近尾声。"

"药师……"

"我身边有桃花美酒，芙蓉宝剑，青玉长笛还有红颜知己，我已经比很多人都幸福了。生命是不应该计较长短的。只要过得灿烂，就已经不枉此生了。"

"我们成亲吧。"

"我就快不久于人世了，你不介意？"

"就算做一日夫妻，我也愿意。"

黄药师亦正亦邪，孤独冷傲，是真正的名士与隐士的性格。而她完全懂得他。桃花岛，便是他们精心营造的世外桃源。他们在鸟语花香的桃花岛，放眼处海天一线，闭目时草木芬芳。真是神仙一般的日子。

只是可惜，这样旖旎的好时光，最终也没能持续太久。

但冯蘅的出现，已经照亮了黄药师的整个生命。让他余生的每一个日子，都在静静地思念着她。

他的外孙女郭襄，也是一个明慧潇洒，古灵精怪的小女孩。在她十六岁的生辰时，他前来祝贺，和杨过一起如天神般降临在众人面前。烟花灿烂中，他在小郭襄的脸上，又看到了亡妻冯蘅年轻时的俏丽模样，黯然道："真像，真像。"

那一句"真像"，包含了他如何刻骨铭心的思念啊。

这时，他也已经七十多岁了。只是对妻子的思念，却没有减淡一分。

冯蘅死后，黄药师将之葬在桃花岛，其墓碑上刻着"桃花岛女主冯氏埋香之冢"，里面有黄药师所珍藏的各种奇珍异宝，以及黄药师为冯蘅画的画像。

冯蘅的墓室建在繁花深处，那墓前四时鲜花常开，佳木葱茏，异卉烂漫，每棵都是黄药师精选的天下名种。墓中圹室，中壁间案头尽是古物珍玩、名画书法，无不是价值连城的精品。黄药师当年纵横湖海，不论是皇宫内院、巨宦富室，还是大盗山寨之中，只要有什么奇珍异宝，他不是明抢硬索，就是暗偷潜盗，必当取到手中方罢。他武功既强，眼力又高，搜罗的奇珍异宝不计其数，全部都供在亡妻的圹室之中。

然而，纵然得尽天下奇珍又如何？从此再也没有一个人，能像她那样，古灵精怪，笑语嫣然，为他慧语解忧。

在她死后，他仍竭尽全力，想把天下最好的都给她。只是，她已经永不能知晓了。

于是，他再不愿将就，隐居桃花岛，独守着，仿佛她从未离去。

瑛姑

四张机，鸳鸯织就欲双飞

瑛的意思是指玉的光彩，也就是玉石所散发出来的淡淡光晕。这是一个很美的字。瑛姑姓刘，本名刘瑛。

瑛姑在《射雕英雄传》中出场之时，已经变成了一个脾气古怪的中年妇人，看不出有任何可爱之处。

郭靖、黄蓉黑夜里闯进密林，越过泥沼，进入建在泥沼之中的一方一圆两室组成的房舍。在这里，他们遇见了瑛姑。这时，她已是一位头发花白的女子，身披麻衫，凝目瞧着地下一根根的竹片，显然正自潜心思索，虽听得有人进来，却不抬头。

待她终于抬起头来，一双眸子精光闪闪。郭、黄二人见她容色清丽，不过四十左右年纪，想是思虑过度，是以鬓边早见华发。

连黄蓉也忍不住赞叹道："她年轻时候必是个美人儿，靖哥哥你说是么？"

在《神雕侠侣》中出场时，瑛姑已经七十余岁了，杨过见这老妇容颜令人生怖，但仍然眉目清秀，依旧能看出年轻时是个美人。

实际上，她年轻时的确是一个绝美女子，她曾经是南帝段皇爷最宠爱的妃子，是老顽童周伯通不自禁地为之心动倾倒的女子。

她不仅貌美，而且聪慧过人。离开南帝后，她亦在没有任何老师和书籍的情况下独立研究算学达到相当高的境界；她独自一人闯荡江湖，闯下了一个"神算子"的名头，还建筑了迷宫般的宅院，让裘千仞这样的江湖成名人物都不敢冒犯轻视。在武学上，她自创"泥鳅功"，郭靖的降龙十八掌都无法近她的身。另外还自创了七绝针、寒阴箭等绝技，自成一家。而她还饲养了九尾灵狐，这是江湖人物梦寐以求却求之不得的灵物，连杨过都捕捉不到。

TVB《南帝北丐》中，便再现了瑛姑的少女时代。她本是泛舟水上的渔家女。那日，段智兴来到江边，只见一位美貌少女从水中冒了出来，脸上还滚动着几滴水珠，清纯可人，便如出水芙蓉一般。少年段智兴当即便微微一怔，心旌摇曳。

那时，她的名字叫刘瑛，是《南帝北丐》中最漂亮也是最妩媚的女子。段智兴与刘瑛的邂逅，是青春里最自然而然萌发的爱情，她美丽，单纯，生性善良，天资聪颖，她是段智兴最爱的姑娘。

后来，她成了刘贵妃。但或许，她对他，并不是他对她的那种深沉强烈的爱，因此，在跟周伯通学武之时，她不自禁地对这个顽童一般的男子动心了。

她这一动心，就再也没回头。

段智兴实在爱极了她，虽然震怒，却不忍责罚。只是夜晚偷偷地去看她。以他帝王之尊，其情深如此。尔后听到她房里有婴儿啼哭之声，知道她已经生下她与周伯通的孩儿，回去便病了。以他如此高强的武功，居然大病一场，可见实在是伤心到了极点。

谁知裘千仞夜闯王府，打伤婴儿，婴儿重伤，非一阳指不得救，而段智兴为保内力不愿出手相救，刘贵妃苦苦哀求，谁知段智兴看见孩子裹身的肚兜，绣着鸳鸯戏水及词句："四张机，鸳鸯织就欲双飞，可怜未老头先白，春波碧草，晓寒深处，相对浴红衣。"正是她先前送给周伯通的锦帕制成，显然她对周伯通钟情已深。段智兴心中愤恨嫉妒，不肯相救。

刘瑛无法，不忍孩儿多受痛苦，便亲手杀死婴儿。婴儿死后，刘瑛一夜白发。虽然容颜依旧姣好，但鬓发如银。她是真正的红颜白发。

于是，就这样，她不再是那个天真的渔女刘瑛，也不再是宫里锦衣玉食的刘贵妃，她成了江湖上的"神算子"瑛姑。

她性子是决绝刚强的，周伯通弃她而去，她伤心不已，却没有放弃过寻找他的念头，尽管这个始终长不大的男人一直逃避她并拒绝负责任，她却认定他心中有她，一直耐心等待着他。孩子死后，她也并未一味沉溺在悲痛之中，而是很快定下了人生目标，那就是潜心算学，专注武学，为儿子复仇，以及救周伯通出桃花岛，她并未放弃继续追求自己的幸福。

许多年后，南帝成为南僧一灯，他跟后辈郭靖、黄蓉缓缓提起当年往事："我众妃嫔见我日常练功学武，有的瞧着好玩，缠着要学。我也就随便指点一二，好教她们练了健身延年。内中有一个姓刘的贵妃，天资特别颖悟，竟然一教便会，一点即透，难得她年纪轻轻，整日勤修苦练，武功大有进境。"言语中仍然不禁流露出对刘瑛的赞叹欣赏之意。

黄蓉当时还无法想象，那个脾气古怪狠辣的老妇瑛姑，居然也曾经是一位水灵灵的少女，她的风采笑靥，曾经迷倒过当世的两大高手。

谁料到，这世事的沧桑变化。人生若只如初见。段智兴初见她，如娇花照水，明艳照人，再见时，却是满目疮痍，爱恨情仇。

华　筝

锦瑟无端五十弦，一弦一柱思华年

华筝和郭靖本是青梅竹马，两小无猜，快乐无忧。华筝偷偷喜欢上了郭靖，憨直的郭靖一无所知。

后来，郭靖随"江南七怪"返回中原，无意中与黄蓉邂逅，这样一个灵秀柔美的江南姑娘，又如此娇蛮可爱，机变百出，郭靖不自禁地动心了。

其时，郭靖与华筝定下婚约，有了"金刀驸马"的称号，他心中对华筝，却也并不反感，因而对成吉思汗的许亲并没有反对。如果没有遇上黄蓉的话，他很可能跟华筝度过一生。也许也能生活得温馨快乐，但是，可能永远无法感受到刻骨铭心、荡气回肠的爱情是什么样的滋味。

很多人终其一生，并没有遇到过这样强烈的爱情。所谓浅喜深爱，喜欢和爱并不一样，喜欢是心生好感，见之便有淡淡愉悦，而爱是生死相许，刻骨铭心。然而，斯人若彩虹，遇上方知有。

华筝的容貌如何，金庸书中却没有细致的描写，草原上长大的蒙古女儿，自然并不是江南姑娘那样柔媚清丽的长相。郭靖出来闯荡江湖，拖雷、华筝出来寻他，终于相遇。郭靖看华筝，只觉得她身材更高了些，在劲风茂草之中长身玉立，更显得英姿飒爽。

而黄蓉细细打量华筝，见她身子健壮，剑眉大眼，满脸英气。她叹了口气，轻轻地说："靖哥哥，我懂了，她和你是一种人。你们俩是大漠上的一对白雕，我只是江南柳枝底下的一只燕儿罢了。"

实际上，华筝性格直爽刚强，性如烈火。她和郭靖从小一起长大，因父母宠爱，脾气不免骄纵，郭靖却生性憨直，当她无理取闹之时总是冲撞不曲。她脾气极大，郭靖又不肯处处迁就，尽管常在一块儿玩耍，但动不动就要吵架，虽然吵过一会儿便会和好，但总是不甚相投。

黄蓉则不然，她聪明灵慧，骨子里却是柔情似水。郭靖虽然生于蒙古，但骨子里仍然是江南人的心性，他爱上黄蓉，固然是因为黄蓉身上的闪光点实在太多，还有一部分原因是因为潜意识里关于江南的乡愁。他们实际上才是同一种人。

爱情没有先来后到。郭靖若是没有遇到生命里的那个人倒也罢了，遇到了，华筝便完全无能为力。一个人的心，是拴不住的。

后来，在华筝和黄蓉之间取舍时，郭靖想的是："华筝妹子这头婚事是我亲口答允，言而无信，何以为人？纵然黄岛主今日要杀我，蓉儿恨我一世，那也顾不得了。"于是，郭靖当下昂然挺首说道："黄岛主，六位恩师，托雷安答和哲别、博尔术两位师父，郭靖并非无信无义之辈，我须得和华筝妹子结婚。"

他选择的是华筝。即使他心里深爱黄蓉，也深知黄蓉爱着他，但他决定还是履行约定，践行承诺，担负起责任。

黄蓉虽然伤心，却悠悠地说："只要你心中永远待我好，你就是娶了她，我也不在乎。"这样的话语，即使在现在看来，也是太惊世骇俗了。为了爱情不管不顾，这是小女孩儿的单纯，无知便无惧。

其实，按照正常的逻辑发展，重情重义又重承诺的郭靖，应该是会回蒙古与华筝完婚，黄蓉成为他永久的初恋回忆，成为他青春时的一缕皎洁月光，从此可望而不可即。

但是小说毕竟是造梦的。《射雕英雄传》是金庸最甜美也最理想化的一个梦境。为了造梦成功，金庸给郭靖和黄蓉营造了太多的机会。他又让华筝偷听郭靖和母亲李萍的谈话，让华筝向成吉思汗告密，从而导致郭靖之母李萍惨死在大汗帐内。这样，郭靖和华筝永远不可能在一起了。

郭靖终于回到了他真正的故乡，和他真正爱的人在一起了。

而华筝愧疚之下，去西域投奔兄长。从此，她远离故土，远离郭靖。虽然他还会屡屡出现于所有她记得住的过去里。

但那些草原上的青春岁月与昔日情怀，只沉淀在了她心中最柔软处。

他与她，终于两两相忘，不再相见。

包惜弱

往事已成空，还如一梦中

包惜弱是江南女子，父亲是临安府红梅村私塾的教书先生，她自然也通文墨。只是，她虽然柔弱清丽，具有江南美女的神韵，却并没有江南女子的灵慧。

她心地善良，确实是"惜弱"，但是爱心泛滥到没有是非的"惜弱"，她怜惜一切的弱小生灵，也怜惜那受伤后无力挣扎的豺狼。

她自幼便心地仁慈，只要见到受了伤的麻雀、田鸡，甚至虫豸蚂蚁之类，必定带回家来喂养，直到伤愈，再放回田野，若是医治不好，就会整天不乐，以致屋子里养满了诸般虫蚁、小禽小兽。

她嫁到杨家以后，杨铁心对这位如花似玉的妻子十分怜爱，事事顺着她的性子，杨家的后院里自然也是小鸟小兽的天下了。

后来，某一个大雪之日，丘处机、杨铁心、郭啸天三人打斗之后惺惺相惜，成为好友。因丘处机杀了奸臣王道乾，被追杀至家门口，丘处机将追踪者尽数杀死，杨铁心将敌人全部埋入江边土中。

哪知，追踪者中竟有一人未被杀死，藏入杨家松林中，被包惜弱发现。包惜弱在发现之后，不禁动了怜悯之心。她费尽力气，将这人拉入家中柴房，替他包扎伤口并精心护理。

而这人便是金国六王子完颜洪烈，他悠悠醒转，睁开眼来，蓦见一张芙蓉秀脸，双颊晕红，星眼如波，眼光中又是怜惜，又是羞涩，当前光景，宛在梦中，不禁看得呆了。

第二天一早，完颜洪烈独自逃离，包惜弱想的却是"若把昨晚之事告知丈夫，他嫉恶如仇，定会赶去将那人刺死，岂不是救人没救彻底"？就这样，她毫无原则地对敌怜惜，很快便给郭杨两家带来灭顶之灾。

那一夜，杨氏夫妇吃过晚饭，包惜弱在灯下给丈夫缝套新衫裤。杨铁心打好了两双草鞋，把草鞋挂到墙上，记起日间耕田坏了犁头，对包惜弱道："犁头损啦，明儿叫东村的张木儿加一斤半铁，打一打。"包惜弱道："好！"杨铁心瞧着妻子，说道："我衣衫够穿啦！你身子弱，又有了孩子，多歇歇，别再给我做衣裳。"包惜弱转过头来一笑，却不停针。杨铁心走过去，轻轻拿起她的针线。包惜弱这才伸了个懒腰，熄灯上床。

"轻轻"二字，折射出杨铁心对妻子的柔情缱绻。夫妻温馨夜话，这本是他们生活中最寻常不过的一夜。但谁知道就在这一夜之间，竟然横生事变，从此改变了他们的一生。

原来，完颜洪烈被包惜弱救下之后，见到她娇柔秀丽的容貌，竟是念念不能去心，于是贿赂了段天德，要他带兵夜袭牛家村，自己却假装侠义，于包惜弱危难之中英雄救美。

杨铁心要带包惜弱走，包惜弱竟没有意识到问题的严重性，还问："这些小鸡小猫呢？"杨铁心叹道："傻孩子，还顾得到它们吗？"虽然是万分危急，但疼爱妻子的他并没有叱责她的无知，仍然温柔安慰她说："官兵又怎会跟你的小鸡小猫为难。"

后来，杨铁心被段天德抓住之时，受他折辱。包惜弱见丈夫如此受苦，哭叫："他是好人，又没做坏事。你……你干嘛要这样打人呀？你……你怎么不讲道理？"这样的话语，仿佛便是从小女孩口中说出一般，完全天真得不通人情世故。

包惜弱的悲剧，完全是她自己造成的。她深受丈夫疼爱，夫妻间情深意重，却不能真正理解和体谅丈夫。她心安理得地接受丈夫的照顾和保护，却从未想过自身心智的成长。因此，她丝毫没有是非黑白的观念，也从不用理性去思考问题，一味感情用事。正是她的妇人之仁，害得丈夫妻离子散飘落江湖，害得丈夫的义兄无辜惨死。

而后来完颜洪烈对她钟情追求，温柔体贴缱绻，她六神无主，无可奈何同意了做其王妃。这不能不说，除了没有原则的善良之外，她亦是软弱的，丝毫没有原则地对人妥协，虽然并不爱那个男子，但她仍然习惯于依附他人，随波逐流。

嫁给完颜洪烈后，她虽然心中犹豫不安，为了宽慰自己，她只是以继续荆钗裙布，从故居运来丈夫旧物日夕怀念，以表坚贞。这种举动，无非是掩耳盗铃，自欺欺人。相比李萍的明辨是非、坚韧刚强，她总有一种扭扭捏捏的感觉。

十八年光阴倏忽而逝。

十八年后，杨铁心终于寻到了妻子。十八年后，包惜弱锦衣玉食，容颜未改，而杨铁心流落江湖，尘鬓如霜。她已认不出他，但是听到他种种言语，她心中大震。分离当天的种种场景，他们二人完完全全牢记在心。记了整整十八年。

这些年，她郁郁不乐，实在没有一天不在惦念他。虽然完颜洪烈对她温柔体贴，但她心中，仍只有杨铁心。

临死之前，包惜弱躺在杨铁心身边，左手挽着他手臂，唯恐他又会离己而去，昏昏沉沉间听他说起从前指腹为婚之事，奋力从怀里抽出一柄匕首，说道："大哥，咱们终于死在一块，我……我好欢喜……"说着淡淡一笑，安然而死，容色仍如平时一般温婉妩媚。

包惜弱美丽、天真、心善，已为人妻的她需要一个强有力的男人，给她撑着一个梦境般理想化的世界，她始终拒绝成熟，拒绝长大。

她没有内心通透的大智慧，连保护自己的小聪明也没有。

可怜，可悲，然又可叹。

程瑶珈

琴瑟在御，莫不静好

她是富贵人家的女儿，锦衣玉食，娇生惯养，生得粉妆玉琢，美貌清秀，拜武林中的道姑孙不二为师，学了些武艺。

获悉欧阳克将上门侵犯时，有丐帮侠客上门相助。她说的虽是江湖上的场面话，但神情腼腆，说一句话，便停顿片刻，一番话说来极是生疏，语言娇媚，说什么"武林中人人佩服"云云，实是极不相称。

而在她遇险之时，那少年豪侠郭靖出手相救，人才了得，武功高强，少女的一缕情丝，竟然飘飘荡荡系在了他身上。而郭靖素来鲁钝，对此懵懂不知。

如果没有遇到郭靖，她会和普通的贵族女儿一样，平平安安地嫁给另一个富贵人家。但她遇到了郭靖，这个少年豪侠出手不凡，不仅救了她的性命，还挽救了她的声誉。

那深闺少女却做了这辈子最大胆的一个举动，那便是独自出门闯荡江湖，寻找郭靖的行踪。但大小姐足不出户，实在没有半点江湖经验，跟丢之后来到了临安牛家村。

哪个少女没有做过一个不切实际的美梦呢？梦中，少年游，杏花吹满头，谁教白马踏梦船，美人如玉剑如虹。

而这个梦，却带给了她一段意想不到的精彩际遇和美满婚姻。

在牛家村，遇到了真正适合她的那个人，陆冠英。

陆冠英为桃花岛黄药师门下陆乘风的独子，亦为太湖群盗之首，节制各寨水盗，抗宋官、抵金人。两人在临安牛家村中邂逅，又遇上了脾气古怪的黄药师。在黄药师的主持下，两人相识半日即结发为夫妇。

程瑶迦温柔斯文，羞涩腼腆。黄药师问她是否愿意嫁给陆冠英时，她羞不可言。陆冠英看着她，生怕她这个千娇百媚的脑袋不点头，书中这里用了"千娇百媚"四字，足见程瑶迦娇媚柔美，亦是十二分的动人。

就这样，萍水相逢，因缘际会，程瑶迦和陆冠英结为终身相伴的夫妇。

她亦是聪明理性的。那少年豪侠不过是遥不可及的旖旎之梦，身边之人才更为踏实可靠。两情相悦的甜蜜欢喜，岂是单相思可以比拟的？

何况，陆冠英生得英俊潇洒，性格温和坚韧，而他又文武双全，实际上对程瑶珈来说，匹配程度大大超过了傻小子郭靖。郭靖在《射雕英雄传》里是主角，但在她程瑶珈的人生中，不过是一个缥缈的过客而已。

于是，她与夫婿陆冠英，成了《射雕英雄传》里最相配的一对，在宋末乱世之中，得享心灵上的现世安稳，岁月静好。

爱情与富贵滋养了她，虽然她到底也是沾染了江湖的风霜，却仍然保有了昔日的娟丽。在《神雕侠侣》中她亦有出场："大厅屏风后并肩走出一男一女，都是四十上下年纪，男的身穿锦袍，颏留微须，气宇轩昂，颇见威严；女的皮肤白皙，却斯斯文文的似是个贵妇。众宾客悄悄议论：'陆庄主和陆夫人亲自出去迎接大宾。'"

想必她自己对这样的人生是非常满足的。她不要成为传奇，只要成为一个普幸福的凡俗女子，足矣。

梅超风

一寸相思千万绪，人间没个安排处

梅超风曾经有个好听的名字：梅若华。梅花盛开，灿烂光华，如锦缎一般，晃了人的眼。

她本是个天真烂漫的小姑娘，整天戏耍，无忧无虑，是父母的掌上明珠。后来父母不幸相继去世，孤苦伶仃的小女孩备受欺凌。幸好黄药师经过，见到这小姑娘容颜秀美，聪明伶俐，却身世堪怜，江湖漂泊，于是他心生怜意，便把她带回了桃花岛，收为弟子。

到桃花岛的当天，在桃树之下，一个粗眉大眼的年轻人站在她面前，摘了一个鲜红的大桃子给她吃。她望着手中的桃子，轻轻咬了一口，有沁人心脾的清甜。

她后来才知道，那是二师兄陈玄风。黄药师门下弟子，个个名字中都有个"风"字。

从此，梅若华便成了桃花岛三师妹梅超风。

桃花岛有大师哥曲灵风、二师哥陈玄风、三师弟陆乘风、小师弟冯默风等玩伴，有弹指峰、清音洞、绿竹林、试剑亭等旖旎风景，有遍地桃花，有碧海蓝天，小姑娘的眼前，全新的世界再徐徐展开。梅超风的青春岁月必定非常甜美。

而爱情，也在悄然无息中诞生。

二师兄陈玄风，时常指导她武艺，慢慢地，她心里有了他，她也知道他心里有她。一个桃花开得红艳艳的春日，他忽然在灿然的桃花树下，紧紧搂住了她。

一瞬间，她心中犹如千树花开。

桃花的浓郁芬芳，在身边轻轻地浮动着。

这是她一生中最美的回忆。

但师父是不允许弟子恋爱的。他们只能偷偷地品尝着这爱情醇酒的甜美。陈玄风终于不能忍受了，他要带着挚爱的女子离开这禁锢的小岛，逃到更广大的天地去，能更畅快地呼吸，更自由地相爱。

但临走之时，陈玄风偷偷拿走了《九阴真经》下卷。

或许贪心了一点。他们不仅想成为一对自由的恋人，还想成为叱咤江湖、扬名立万的绝顶高手，完全背离师父与世无争、不屑名利的隐士生活。但是他们缺少了关于修炼内功法门的上册，而又不懂玄门道学，以致只能以服食少量砒霜，然后运功逼出来练，避免走火入魔。更因对真经内容的错误解读，将本应光明正大的《九阴真经》武功变得阴险歹毒。两人凭九阴白骨爪和摧心掌名震江湖，成了江湖人闻风丧胆的"黑风双煞"。

从此，那个美丽天真，娇俏活泼的少女不见了，她成了杀人不眨眼的女魔头，"铁尸"梅超风。这个"铁"字，指她的横练功夫已到了上乘境界，周身如铜铸铁打一般。

而她的丈夫也成了"铜尸"。她和陈玄风平常总以"贼汉子""贼婆娘"来相互称呼。昔日桃花岛上的风花雪月，也早已化为日常琐碎。彼此之间，情义却更是深重，两人相依为命。

大漠之中，江南七怪初见到荒山练功的梅超风，见她脸色虽是黝黑，却也不得不承认她"模样却颇为俏丽"。而这时，她青春已逝，心境已变，再也不是桃花岛上那个无忧无虑的小姑娘了。

荒山一战，"铜尸"陈玄风为了救下她，丧命于郭靖之手，被柯镇恶射瞎双眼的她却逃脱了。

从此，她的世界陷入了一片黑暗。十多年来，她孑然一人，在孤寂中默默度日。

她是倔强的，也是刚烈的。陡遭大变，她却并未失去活下去的勇气。她默默练功，苦练听力，假扮普通妇人到了金国王爷完颜洪烈王府当上杂工养活自己，还收下了杨康这个徒弟。她思念着丈夫，思念着在桃花岛上两情相悦的甜美岁月。她曾经那样想离开桃花岛，可是时过境迁，她又是那样怀念着它呀。在那里，有她最好的时光。在那里，有师父师母的疼爱，有师兄弟们的情谊，每天都是与海浪、明霞、晓风做伴，看桃花飘落，听碧海潮生，远离烦恼，远离世俗纷争……

如果时光能够倒流，她会不会选择另外一条路？不和师兄叛逆私奔，而是大胆禀明师父，也许，后来的很多事情就不会发生，师母不用为了默写真经而难产致死，曲灵风、陆乘风等不用被断了双脚，丈夫陈玄风也不用大漠荒山之中，命丧郭靖之手……

很多事物，只有失去了，才能痛切地感受到它的珍贵。只是，生活从不允许人后悔，时光也始终不会倒流。

为了师父黄药师，她一次又一次救下小师妹黄蓉，帮助她一次又一次逃脱敌人的追杀。她在陆家庄里遇上陆乘风，还遇上了黄药师。黄药师决定饶恕梅超风，但要答应他三件事，还在她的背上打下"附骨针"。

终于，黄药师与全真七子搏斗，欧阳锋在背后施袭，她奋身扑在黄药师背上，为保护师父舍弃了生命，临终之际，黄药师让她得偿心愿，重新收入门下，再次成为桃花岛弟子。

金庸在新修版中，还写了黄药师对梅超风的微妙情愫，写那中年男子对青春少女不自禁的心动："江南柳，叶小未成阴。人为丝轻那忍折，莺怜枝嫩不胜吟。留取待春深。十四五，闲抱琵琶寻。堂上簸钱堂下走，恁时相见已留心。何况到如今。"

想那少女当年，该是如何明艳动人的美啊！

而她后来竟然那样凄楚孤单，如何不叫人叹息呢？

程　英

瞻彼淇奥，绿竹猗猗

　　竹，听来是个素净、文雅、隽永，书卷气极浓郁的字，也令我想起一个女子，金庸武侠小说中的女子，程英。

　　她和润雅致，淡淡的，却让人觉得舒服，觉得熨帖。她一生孤苦，却从不偏激，只是心细如发，温文可人。终于，因缘际会，拜在东邪门下，在名师指点下，学得一身本领。

　　后来，她在寂寞的芬芳中终于渐渐长大，长成了目光澄澈，神情安宁的美貌少女，一身青衣，手持碧箫。她虽然安静内敛，内心却独立而笃定。武功初成后，她便禀明师父，北上找寻表妹，独自行走江湖。

　　却不料，在寻找表妹的途中，会邂逅他，那个少年杨过。他眉目清秀，笑若春风。

　　她躲在暗处，看见他一次又一次救下表妹，武功高强，侠义心肠，在强敌之中进退自如。她的心里不禁浮现出一种异常美好的感觉，仿佛是来到了春天的桃花岛，桃花扑了满头满脸，满身芬芳。有风，轻盈来去。

她悄悄地喜欢上他，却不能言，不敢言，只是把这一份淡淡的情愫，静静地压在心底。等到有月亮的夜晚，便轻轻吹起一曲清箫，箫声中，那少女最初萌发的最美妙的情感，便渐渐酝酿得深沉。

她暗中跟随他，暗中保护他。直到有一天，他在石阵中被从未遇到过的强大敌手重伤，无人救治，晕倒在地。她再也顾不得其他，纵身跃出，镇定地指挥着石阵的变幻，终于退了强敌，救了他。

她俯身去查看他伤势，少年却把她当作了另一个女子，张开双臂抱住了她。她听到他口中，声声呼唤着另一个女子的名字，心中微微一酸，却出言柔声安慰。在少年再次晕去之后，她毫不迟疑，便决定带他回去治伤。

少年醒来之时，见所处之地是间茅屋的斗室，板床木凳，俱皆简陋，四壁萧然，却是一尘不染，清幽绝俗。床边竹几上并列着一张瑶琴，一管玉箫。如此清雅之地，窗边却坐着一个青衣少女，左手按纸，右手握笔，正在写字。她背面向榻，瞧不见她相貌，但见她背影苗条，细腰一搦，甚是娇美。少年记得这背影正是救他的少女，此时见那少女正在专心致志地写字，右臂轻轻摆动，姿势飘逸，竟不敢出声打搅。

后来少年用粽子粘得她写过的纸片，却发现，那碎纸之上，反反复复，写的便是那八个字："既见君子，云胡不喜。"

少年细想其中深意，不由得痴了。

是的，她对那个激烈叛逆的少年杨过已经暗生情愫。不能言说，她就一遍又一遍在纸上写着"既见君子，云胡不喜"，少女洁净而温柔的心事，便溶进了这古朴的八个字中。《诗经》中的语言，真是雅美之极。那样精炼的八个字，却充满了不动声色的幸福与满足。

"既见君子，云胡不喜。"既然看见你，我怎么会不欢喜呢?

大概每个女子青春时总会遇上一个明亮的少年吧。他英俊潇洒，他顽皮生动，他天赋异禀，他意气风发，他带来了意想不到的新鲜和欢喜，如一阵龙卷风席卷了少女紧闭的心扉，让她初次感受到了生命的美好，他就像星河中的熠熠明星般，照亮了少女的心，让她为此沉醉，不知归路，只是一心一意地沉浸在这怦然心动的微妙感觉中。

她身世堪怜，外柔内刚，世界对她来说，本是一片清冷色调，也让她的性子如此沉默。而那个少年却在不经意间悄无声息地到来，猝不及防，让她明澈的心湖微微起了波澜。

在土屋外，她持着一支碧绿晶莹的玉箫，于月下沉吟，细细吹起了一曲《淇奥》："瞻彼淇奥，绿竹猗猗，有匪君子，如切如磋，如琢如磨。"翻来覆去吹得总是这五句，或高或低，忽徐忽疾，却尽是缠绵之意。月色晶莹，这清雅少女的无瑕心事，也通透得如同这晶莹月色。

如切如磋，如琢如磨，那是少女心中想象的杨过，也是自己影子的投射。瞻彼淇奥，绿竹猗猗。她才是真正如竹子一般的人，像玉石般温润，如象牙般雅致。

杨过听到那柔和的箫声，心旷神怡，禁不住低声相和。程英听到，箫声便止住，不再吹了。

她对少年只是心中淡淡的欢喜，她是如此安静的一个人，喜欢一个人，也是淡淡的，虽然这淡淡的欢喜，足以把她整颗心都装满。

最纯粹的爱情就是那样吧，在最青春的时候相遇，英俊少年和美貌少女，最初萌发的青涩情感，来不及去想天长地久，也不会沾染柴米油盐，是那样通透而轻盈。最浪漫的事情便是两人携手并肩踏遍天涯路，快意恩仇，永不知疲倦，永没有终点，浑不知红颜弹指老，刹那芳华。

程英便是如此，她没有想过与少年的将来，她只是悄悄地喜欢着他，不困扰自己，也不打搅他人。少年与她相处，只觉她斯文温雅，殷勤周到，一切宁静平和。

当表妹忽然揭下她的面具，杨过眼前陡然一亮，映入他眼帘的是个极美的少女，脸色晶莹，肤光如雪，鹅蛋脸儿上有一个小小酒窝。

她当然早知道他心有所属，他尊敬她，欣赏她，但对她，却没有爱。当他毫不犹豫脱下她为他细心缝制的新褂，掷向李莫愁时，她看见他身上是他深爱的女子为他所制的旧褂，虽然早已破烂不堪，但他却不舍弃。那时的她，心中又是一酸，早知道柔肠百转，不会让他系于心上，却宁愿就这么痴痴守候。

少年命运坎坷，几经沉浮。她亦见证了他与心爱女子的悲欢离合。终于，在绝情谷的断崖之上，他忽然留书出走。她与表妹立于崖上，四下遥望，唯见云山茫茫，哪有他的人影？表妹哽咽不已，她却淡淡说道，白云聚了又聚，散了又散，人生离合，亦复如斯。真有这么潇洒吗？那眼中坠下的清泪，泄露了她满腔的心事。

十六年后，终于听闻了他的消息，她千里迢迢，离开桃花岛去找他。途中，她看见一枝娇艳欲滴的桃花，想起了那年，如桃花吹满头一般的令她心动的少年，他翩然迎风而来，她心中宛若千树花开。

她禁不住轻轻折了桃花拿在手里，低吟道："问花花不语，为谁落？为谁开？算春色三分，半随流水，半入尘埃。"这时的她娇脸凝脂，眉黛鬓青，宛然是十多年前的好女儿颜色，但是岁月风霜如刀，她毕竟也已经非少女朱颜了。

她老了，她的少年也老了。可任凭岁月无情，带走少女发上的青黛与脸上的红晕，她心中的少年却始终没有老，不惧风霜，不畏流年，还是如当初一般明亮耀眼、意气风发，而她的心，也还一如当初，洁净、安宁、清雅且温柔。

《神雕侠侣》的结束，并没有写程英和杨过的相见。而是杨过在襄阳城外立下大功，自华山之上，携着小龙女的手飘然而逝，从此杳无音讯。

那程英呢？也许在襄阳城内偷偷看了他一眼，知道他平平安安，已经和最爱的人相聚，见他此刻如此的幸福，便不必再去打搅了。

况且，他也并不一定记得自己。他的心，只系在了那位恍若姑射真人的小龙女身上，他所有的温柔，都只是为了她的凝眸一笑。

于是，碧箫青衣，悄然离去，回到桃花岛，那是茫茫大海上孤零零的一个岛屿，可以让她在往后的余生中，安安静静地怀念和他初次的相见。

那年强敌临门，她料知动手也是徒然送命，于是调弦转律，弹起一曲"桃夭"来。这一曲华美灿烂，喜气盎然。她静静向少年瞧去，心中悦然。"桃之夭夭，灼灼其华……"琴声更是洋洋洒洒，乐音中春风和畅，花气馨芳。

大敌当前，她却安静如旧，恬然如旧。

她对杨过的心事，如同暮春过后，零落桃花散发的洁净香气。

有人说，程瑛的美好在于如玉莹光，悄然润物。她是这么安静的一个人，就连叹息，也是安静的。

金庸用了整整一个章节"东邪门人"来描写她。她沉稳努力，拜在名师门下，用心学习，终有小成。她虽然斯文温雅，内心却极有主见，因而总是表现出来一派云淡风轻，从容淡然。她与江湖中的一切，都是淡淡的，疏离的，亦未刻意接近名满天下的师姐黄蓉，她总是不卑不亢，落落大方。她的安全感和认同感，都是自己给自己的。在绝情谷中，连智计百出的黄蓉都慨叹道这个小师妹外柔内刚，认为女儿要是惹恼了她说不定后患无穷，不敢小觑了她。在小一辈里，她算得上是杰出的人物。

而她却又爱得那样温柔又克制，就算是心里爱到惊天动地波涛汹涌，表面上也若无其事。她的情感是那样含蓄内敛，如果不能拥有，那么就静静旁观，暗暗祝福。少年喜欢她，不喜欢她，都可以是一件美好的事情。于是，少年对她肃然起敬，视她为平生知己。

她只让人感觉温暖，感觉舒服，感觉宁静和亲近，她不仅可做爱人，亦可成知己。若她真正遇到了自己能托付终身的人，她一定是一位宜家宜室的好女子。

若现实中有程英这样的女子，她必定是极幸福的。因为，她值得所有的幸福和美好。

陆无双

照影摘花花似面，芳心只共丝争乱

　　她的名字是无双，却没有无双的命运。她在意中人的心中，连第二都排不上。

　　杨过心中，能排到第二的，也许只有程英。

　　在小龙女出走，杨过独自在悬崖上伤心欲绝，摇摇欲坠，黄蓉都认为，也许程英的话他还能听得进。果然，程英上去劝慰杨过，杨过才渐渐安静下来。

　　陆无双在一旁，默然不语，黯然神伤。

　　曾经，她是江南的采莲女儿，《神雕侠侣》第一章写小船在碧琉璃般的湖面上滑过，她和表姐程英在烟水蒙蒙的湖面上，唱着轻柔婉转的歌声，是那样地无忧无虑，旖旎如画。

　　谁知，上代人的纠缠，突如其来的一场大难，给她的家庭带来了灭顶之灾，一夜之间，她成了一个孤儿，而受伤的足部来不及救治，就被仇人掠走，就此落下残疾。幸亏她聪明机警，居然在仇人手下周旋,顾全了性命,还学得了一些本领。

她终于艰难地长大了,还长得那样好看,瓜子脸,明眸皓齿,容貌甚是娇美俏丽;身形苗条纤细,婀娜多姿,只是一足跛了,不免引以为恨。

她满心怨毒,性情也大变,本是古灵精怪的小女孩,结果长成了蛮横不讲理的少女,一语不合,就动手伤人,因而被卷入莫名其妙的纠纷之中。

想不到,她在途中,却偶然遇上了那个插科打诨的少年。她从未想到,她内心因他,而变得柔软和明亮起来。她仿佛找到了当初的自己,那个江南水乡美丽俏皮的采莲女儿,而不是在赤练仙子门下被耳濡目染因而狠毒泼辣的小妖女。

其实,陆无双和杨过的邂逅,很有一些欢喜冤家的感觉。像是每一对少年恋人初次邂逅时都有过的热闹与快活。最初,她叫他"傻蛋",他叫她"媳妇儿",她一再轻视于他,却不料那傻蛋居然是故意装傻逗她,实则身负高强武功,屡次在危难之际出手救她,还在月下,亲手帮她接起了胸前断骨。

她身上疼痛大减,抬起头来,见少年脸上虽然肮脏,容貌却清秀,双目更是灵动有神,不由得心中一动,渐渐忘了胸前疼痛,过了一阵,竟然沉沉睡去。

心动,便源于此吧。

这样的奇遇和纠葛,那样英俊聪慧的少年,陆无双想不爱上他也难。谁知道,这便是一生牵挂的开始。

他是突然泼进她生命中的灿烂千阳,给她的灵魂投洒进一片新鲜的阳光。从此,少女芳心可可,竟再难忘。

他们一起抵御强敌，一起斗嘴取乐，一起共经患难。杨过在她面前，完全展现了俏皮伶俐的一面。

当初，他以为她是小龙女，一路追寻而至。而其实她与小龙女是截然不同的两个人。她并不明白，那少年瞧着她的眼光温柔无限，心里想着的，却是另一个女子。

其实，他和她多么相像。他和她同样的孤苦无依，同样的敏感激烈，同样受过无数欺凌，同样的坚毅偏激，愤世嫉俗，同样的外刚内柔，内心深处，对自己所爱的人，都是柔情一片。

杨过和陆无双在一起的日子，也许不仅是陆无双永远的回忆，也是杨过最快乐的时光。青春正好，坏脾气的俏姑娘遇上顽皮的美少年，同行虽然只是短短的一段日子，却足以照亮整个生命了。

后来，表姐救下那少年，而少年却又面临险境。在仇人将至之时，她见情势危急，便偷偷地将手中的锦帕给了他，把生的希望给了他，满心柔情也给了他。想起关陕道上解衣接骨、同枕共榻种种情事，心中一荡，向他痴痴地望了一眼，转身出门。

少年见她这一回眸深情无限，心中也自怦怦跳动。

临危之时，她听着表姐与杨过箫歌相和，一心一意盼望杨过平安无恙，并暗暗许愿，只要能逃得此难，就算与表姐结成鸳侣，自己也是死而无憾。

陆无双在爱情中成熟而强大起来，她不再是那个刁钻尖刻的女孩子，不苛求，亦不强求。她开始明白，如何去爱自己，如何去爱别人。她开始更深刻地感知到，生命的博大与美好。

不为爱侣，即为良友。这样，也很好。

爱情不用走极端。极端的爱情，给予自己、别人的，都是极度的伤害，譬如，她一生怨毒的师父李莫愁。那样浓烈、自私而带有占有欲的爱，最终毁灭了自己。

一得知杨过遇到危难，她和表姐便千里迢迢地赶来相助，却目睹少年与心爱的女子生离死别。少年伤心之下，却也用心为她们考虑，把李莫愁苦寻一辈子而不得的《玉女心经》倾囊相授予她，却只认她做妹妹。她明白他的心意，眼中含泪，却一直微笑。她练会了《玉女心经》，然后，毫无预兆地，失去了他。

他飘然远去，不知踪迹。

她心中大痛，哽咽不止。

待到书翻过一页，已是弹指十六年过去了。

她已经消失了所有少女时代的任性与冲动，她的锦年韶华已经在等待中逝去，和程英一样，她成了一个中年美妇，只是静静看着他，看着他和心爱的人，静静消失在那一轮明月之下。

一直暗恋的少年，犹如年少中最温情旖旎的一个梦，经历漫长的岁月，始终不能相忘。

她在他身上暗暗倾注了那么多的相思。重逢时，也许连问候也无，只是默然相对微笑。

十六年了，他老了，她也老了。

他心里仍然只有那个小龙女，她心里仍然有他。

他和心爱女子携手并肩下山，又一次消失在她的视线之中。其时明月在天，清风吹叶，树巅乌鸦呀啊而鸣。

一见杨过误终身。到底，值不值得？

只是，那相遇实在太美。

于是，爱到心碎，也不后悔。

郭 芙

有女同车，颜如舜华

有人说，郭芙是杨过的初恋。其实我赞同这个观点。

她自幼娇生惯养。黄蓉出生时便已失去母亲，从未感受到母爱的温暖，因此，生下郭芙之后，黄蓉对女儿异常怜爱，事事纵容。小郭芙是桃花岛上的小公主，也养成了刁蛮骄横的脾气。

少女时的她，是娇美如花的。出场时，她身穿淡绿罗衣，颈中挂着一串明珠，脸色白嫩无比，犹如奶油一般，似乎要滴出水来，双目流动，秀眉纤长。

对郭芙的描写，金庸始终是正面的。她的眉毛、鼻子、眼眸、服饰，无不描写入微，细细刻画。而小龙女的美，只是一个概括朦胧的写法，像是在写一个缥缈的梦。而郭芙和她的母亲黄蓉一样，是热热闹闹的明艳美丽。

因此，很多读者觉得，郭芙是杨过的初恋，其实是有理由的。

TVB97版傅明宪演的郭芙，娇憨明艳，骄傲任性，正是小男孩初恋的对象。

后来金庸又写她"肤似玉雪，眉目如画"，少年杨过也不禁为之动心。她招手要杨过摘花给她，少年杨过肯定对美貌的少女郭芙是颇有好感的，因此她一招手，他便不自禁地随之而去。

而少女看到杨过中毒了之后变得墨黑的手，便嫌弃了。她的嫌弃严重地损伤了他强烈的自尊心。她冷冷道："谁要跟你去？"而他也因为她的这番话，对她一家都生了厌憎之心，宁愿跟着刚认的义父欧阳锋离去。

后来，他和她，都被郭靖、黄蓉夫妇带来了桃花岛上。

这桃花岛上啊，本是最容易诞生爱情的地方，海中小岛，桃花漫天，而绿竹林，弹指阁，试剑亭……无不风雅隽秀。而他和她又正值最好的年华，本应是，春水初生，春林初盛，春风十里不如你。更何况，郭靖心中早已属意杨过做自己女婿。他们似乎应该是最理想的一对儿。

而现实的走向，却和想象完全不一样。在桃花岛上，武氏兄弟鞍前马后地讨好郭芙，而杨过骨子里的骄傲让他不屑向任何人低头。在捉蟋蟀玩斗时，四人更是大闹一场。即使在年少时，两人也都是骄傲的，骄傲得不肯向对方有丝毫示好和让步。

尔后，杨过被郭靖送上终南山的全真教，从此，两人分离了。

因缘际会，杨过脱离全真教，进入古墓派专心学艺，很少会想起过去的日子，以及那个穿淡绿罗衣，骄傲而美丽的小姑娘。只是，在他和小龙女九死一生，发现有逃出古墓的生机之后，杨过欢喜之下，对小龙女说："姑姑你和我一起出去，我采花儿给你戴，捉蟋蟀给你玩好不好？”

金庸在这里着了淡淡一笔："这些年来他只在古墓，人虽长大了，所想到的有趣之事还是儿时的那些玩意。"

原来，情窦初开时遇到的美丽姑娘，终究是叫他难以忘怀的。采花儿、捉蟋蟀都是他和郭芙在一起玩过的游戏。这种微妙的小情愫，也许连他自己也没有意识到。

后来，杨过再见郭芙，已经是两人都长大之后了。郭芙此时已经出落成为一名颜若春花的美貌少女："红马上骑着个红衣少女，连人带马，宛如一块大火炭般扑将过来。"她纵马而来，一阵急驰之后，额头微微见汗，双颊被红衣一映，更增娇艳。

这明艳张扬的红衣少女，又一次惊艳了自傲又自卑的少年。于是，本来打败了一流高手，正意气风发的杨过却在郭芙出场后便意兴阑珊地走了。

在英雄大会之前，杨过和郭芙相见，她穿着淡绿衫子，双眉弯弯，小小的鼻子微微上翘，脸如白玉，颜若朝华。她服饰打扮并不华贵，只项颈中挂了一串明珠，发出淡淡光晕，映得她更如粉妆玉琢一般。杨过只向她瞧了一眼，不由得自惭形秽，便转过了头不看。

杨过故意扮成一副穷困落魄之态，郭芙却没有半分瞧不起他，见他郁郁不得志的情状，心中隐隐起了怜悯之心，还拉他一起去瞧母亲的高明武功。她见他身上衣裳破烂，还惦记着要母亲给他做几件新衣。但她因为不明人情世故的几句话语，又大大得罪了他。一个鲁莽任性，一个骄傲敏感，两个人刚刚走近了一点，又走远了。

后来他们一起偷偷去看黄蓉教授打狗棒法。交谈间，他见她嫣然一笑，犹似一朵玫瑰花儿忽然开放，明媚娇艳，心中不觉一动，脸上微微一红，将头转了过去。

他在这时，也不得不承认，郭芙实在是个绝美的姑娘，比完颜萍、耶律燕、陆无双等都美上三分。他再见她，也不自禁地为之心动。

郭芙跃上树枝，伸下手来拉杨过上去。杨过握着她温软如绵的小手，不由得又是心中一荡，然后，小龙女的影子随即便浮上他的心头，硬生生将郭芙的影子覆盖了下去。他对自己说："你就是再美十倍，也怎及得上我姑姑半分？"

而她亦没有发现，心底对他的微妙感觉。少年杨过生性活泼，只要不得罪他，他跟人嘻嘻哈哈，有说有笑，片刻间令人如沐春风，似饮美酒。她喜欢跟他说话，甚至把在武氏兄弟中选择的烦恼也告知他。

情窦初开的时候，并不明白什么是爱，等到真的明白了，却又太迟。

后来杨过在英雄大会上大显神威，郭靖要把郭芙许配给杨过，郭芙早已羞得满脸通红，将脸蛋儿藏在母亲怀里，心觉不妥，却不敢说什么。这不妥，大概是因为他们的爱情，总是刚一萌发便已停止，他们的性格总是格格不入。

杨过此次展现的武功风采，令她暗地里不由得心折。她已经不敢再小瞧他，但却也不肯改变自己的骄傲。而令她意想不到的是，他公然拒绝了这桩婚事，要和自己的师父小龙女在一起。而后来，他为了救武氏兄弟，令他们不再相互残杀，又谎称自己和她已有婚约。

郭芙大怒，前来寻他，真是颜若冰寒，辞如刀利。他们又一次针尖对麦芒，无法沟通。她盛怒之下，并不知那淑女剑削铁如泥，竟然砍下他一只手臂。这一剑斩落，郭芙吓得呆了，知道已闯下了无可弥补的大祸。她从未想过要伤他，却每次伤他都伤得极重。

而杨过每次见到郭芙，都是情不自禁地自卑。但却在郭芙每次落难之时，毫不犹豫地出手相助。郭芙砍断了他的一只手，杨过以为自己恨她入骨，却仍然舍不得真的砍下她的手。甚至在郭靖要惩罚女儿砍下女儿手臂之时，他心中怦怦乱跳，紧张不已。他其实没有意识到，小时候的情意仍然沉淀在心中。

在金庸的《神雕侠侣》中，郭芙自始至终，都是一个骄傲的女子。她不为任何人改变自己，她鲁莽、任性，有时蛮不讲理，但却活得坦荡、毫无畏惧。在母亲危难之际，她绝不肯先走，而在弟妹遇险之时，她以身躯护住。而杨过离去之后，她也并未为了他改变自己的生活轨道，而是热热闹闹地过着自己的生活。

她最终嫁得很好。丈夫耶律齐，虽然武功不如杨过，却是小一辈里最为杰出的人物，性格也是豪爽温厚。耶律齐虽然是为了郭芙父母的名望而娶她，但是也不可否认，他对郭芙的确有情意在。而她也是世俗的女孩子，也一心盼着丈夫身居高位，扬眉吐气。耶律齐正符合她的设想，武功高强，行事稳重。这是一桩极理性的婚姻。

嫁人之后，郭芙一心一意。她疼爱丈夫，怕他比武受伤，把家传的宝贝软猬甲给他穿上，而她也为有这样的丈夫而骄傲，对妹妹说今世少年英侠无一个比得上她的夫君，而在丈夫遇险之时，郭芙毫不犹豫地当着众人面向杨过下跪磕头求他相救，她虽然任性刁蛮，但对丈夫却是情深义重。

现实中有郭芙这种女孩子，一定不可爱，但是很真实。她是娇养惯了的女孩，虽刁蛮任性，骄傲自大，但大义凛然，无所畏惧。

在《倚天屠龙记》中，并没有说到郭芙的结局，但最有可能的是郭芙和弟弟随同父母因为守城护城而双双殉国。

郭芙后来，才知道自己对杨过隐秘的小儿女心事，也是在最后，她才明白，自己内心深处隐隐的那种缺憾。

只是，他们始终无法沟通。杨过一直认为郭芙讨厌自己，在救了耶律齐之后，郭芙心中感激，终于对他道歉："杨大哥，我一生对你不住。"而杨过急忙还礼，说："只要你此后不再讨厌我、恨我，我就心满意足了。"只有在这时，他们才嫌隙尽解。然而，他们都已经老了，不再青春少年。

金庸在这里写道，杨过救了耶律齐之后，郭芙一呆，儿时的种种往事，霎时之间如电光石火般在心头一闪而过："我难道讨厌他么？武氏兄弟一直拼命想讨我的喜欢，可是他却从来不理我。只要他稍为顺着我一点儿，我便为他死了，也所甘愿。我为什么老是这般没来由的恨他？只因我暗暗想着他，念着他，但他竟没半点将我放在心上？"

二十年来，她一直不明白自己的心事，每一念及杨过，总是将他当作了对头，实则内心深处，对他的眷念关注，固非言语所能形容。可是不但杨过丝毫没明白她的心事，连她自己也不明白。虽然她这一生什么都不缺了，但内心深处，实有一股说不出的遗憾，她从来要什么便有什么，但真正要得最热切的，却无法得到。因此她这一生之中，常常自己也不明白：为什么脾气这般暴躁？为什么人人都高兴的时候，自己却会没由来地生气懊恼？

直到这一刻，她才恍然大悟，原来这些都是因为他的缘故。就像叶芝的那句诗："年少时我们相爱，却浑然不知。"

虽然金庸的这段描写让很多读者不以为然，认为又是"一见杨过误终身"的套路写法，但是实际上也很符合郭芙对杨过微妙复杂的感情。

　　而且，郭芙在短暂的心旌摇曳后马上又收敛了心神，把心思又放回到丈夫身上。她比她的妹妹郭襄更理智，因此某种程度上来说，也更幸福吧。

林朝英

毕竟相思，不似相逢好

她是当世间的绝顶高手，却行事低调，不求名利。她创下独门武功，惊世骇俗，却并不为扬名江湖，而是为了自舒怀抱。

她爱那个人，那个人也爱她，两个人却永远无法走近。其实真是绝配的两个人，那个人，便是五绝之一的中神通，当世的绝顶高手王重阳。

王重阳"风姿飒爽，英气勃勃，飘逸绝伦"，他具有绝代天资，武功造诣深不可测，已经达到出神入化的地步，在《射雕英雄传》里被认为是"天下第一"。而她也是"文武全才，超逸绝伦，虽非神仙，却也是百年难得一见的人杰"，两人堪称天造地设的一对，品貌武功无一不出类拔萃，但却并未携手一生。

王重阳和林朝英，都是能力超强，个性也超强的人，不肯在对方面前，有半点的示弱。只要有一方，有半点柔情的流露，那么在另一方来说，定是更为感动。

本来温柔是可以让百炼钢化作绕指柔的。但是他们似乎没有对彼此温柔过。本来恋爱是双手相握，心意相通，彼此爱护，彼此怜惜。但他们看见彼此的时候，不是心神宁和温柔，而是一决雌雄之意，非要一较高下。他们太骄傲，无法迁就彼此。明明知道幸福近在咫尺，却选择了骄傲，让幸福放任自流。

两个同样骄傲而自负的人，是走不到一起的。

实际上，林朝英对王重阳情深意重，王重阳却一再回避，始终不给她的情意以正面回应。但王重阳也是爱着林朝英的。他亦时常记着林朝英，以她为知己挚友，在紧急军情中也不忘记写信给她，与她谈军情进展，跟她谈及自己最关心的军国大事，显见他对她念念不忘与尊重信任。

她不幸身受重伤，他心中挂念，写信给她："比闻极北苦寒之地，有石名曰寒玉，起沉疴，疗绝症，当为吾妹求之。"他花费无数心血，终于从极北苦寒之地数百丈坚冰之下挖出寒玉，送给了她以治内伤。她感念他的心意，花了七年时间，将寒玉制成寒玉床，夜夜躺之入梦。

抗金失败后，将士伤亡殆尽，王重阳心灰意冷，便躲进活死人墓。故人好友、同袍旧部接连来访，均无法改变他的决定。后来林朝英前来用了激将法，王重阳方重出江湖。可见，王重阳本来就不是那种心智成熟、智慧圆融的人，他一旦失败，便丧失信心，一蹶不振，想要避世而居。他是自傲的，同时也是自卑的。而他的这种自卑和自傲，也同样反映在了他对爱情的态度上。

林朝英聪明伶俐，美貌绝伦，武功高强，文才也出众，而亦是智计百出，是极出色的女子。她心高气傲，争强好胜，不甘居人之下，不肯有半点服软。而恰好，他也是这么一种人。

他把她当作了最好的朋友，最知心的红颜知己，却唯独没有把她当作爱人，当作生命中的另一半。她总是在等着他，而他却总是在躲避她。他内心从来不愿承认的是，她的强大让他心生怯意。

但她实在是淡泊名利的一个人，虽然武艺卓绝，却从未想过在江湖上扬名立万。江湖上也从来不知道，有她这么一位盖世女侠。她只想和意中人在一起，弹琴吹箫，风雅恬静。她只想着跟有情人，做快乐事，拥有一个平凡女子的幸福。他看重的那些名利，她却从不放心上。但是她不明白的是，为什么王重阳总是这样忽冷忽热，似远似近。以她的敏感，她感觉得到，王重阳对她是有意的，但每当她向他走近一步，他却向旁退出九十九步。

她终于忍无可忍，两人反目成仇，定下比武之约。王重阳内心愧疚，早存下相让之心，他的智计果然不如她，他心服口服地输了之后，仍然没有按她期待的娶她，而是宁愿在把自己的住处活死人墓让给她。之后，他在旁边盖了个小小的道观，成为道士，那便是全真教道观的前身。

他愿意终身不娶，却不愿意跟她在一起。全真教道观和活死人墓都在终南山下，他离她这样近，但是，却是咫尺天涯。仿佛终身相依，却又永远分离。

林朝英终于绝望了。

但是，林朝英毕竟不是寻常女子，爱情上的失意，没有把她变成暴戾或者幽怨的女子，她以绝世才华，把对爱情的渴望，细细揉进了一套高明剑法，升华了自己的感情与武学，那就是"玉女素心剑"。

她文武全才，琴棋书画，无所不能，柔肠百转，深情无限，缠绵相思，尽数寄托武功之中。这路剑法每一招中均含着一件韵事，或"抚琴按萧"，或"扫雪烹茶"，或"松下对弈"，或"池边调鹤"，均是男女与共，剑招凌厉，而且讲究丰神脱俗，姿势娴雅，飘身而进，姿态飘飘若仙。当真是说不尽的风流旖旎。弗洛伊德升华理论认为，当人的原欲因某种因素受阻，不得实现，遂升华至精神层面，成为文学艺术创作的动力。林朝英便是如此吧。

她幻想终有一日能与意中人并肩击敌，因之这一章的武术是一个使玉女心经，一个使全真功夫，相互应援，分进合击。使这剑法的男女二人倘若不是情侣，则许多精妙之处实在难以领会；相互间心灵不能沟通，则联剑之际是朋友则太过客气，是尊长小辈则不免照拂仰赖；如属夫妻同使，妙则妙矣，可是其中脉脉含情、盈盈娇羞、若即若离、患得患失诸般心情却又差了一层。

她文武全才，绝佳根骨，除了"玉女素心剑"，她还创作了"美女拳法"、"银索金铃索法"，等等，无不玲珑璇玑巧心思。"美女拳法"每一招都是模拟一位古代美女，将千百年来美女变幻莫测的神韵仪态化入其中，施展出来或步步生莲，或依依如柳，于婀娜妩媚中击敌制胜。"银索金铃索法"以金铃索施展，招式精妙，变幻莫测，以攻敌穴道为主，索式夭矫似灵蛇，圆转如意。古墓派中种种武艺，都融进了她巧妙之极的心思与高明之极的武学修为，便如同精致之极的艺术品一般。

后来，小龙女将玉女素心剑中的一招"小园艺菊"传给了郭襄，郭襄在少林寺中使将出来，众僧人从所未见，无不又惊又喜。一眼瞧来，实在美绝丽绝，有如佛经中云："容仪婉媚，庄严和雅，端正可喜，观者无厌。"

然而，这么美丽风华的剑法，他却不懂欣赏，只是一味惊惧而不是惊艳于她的才华。强大的女子，需要一个同样强大的男子比肩，他的内心，实在是不够强大。

他配不上她。

她终是痴心错付了。

他其实是爱着她的。他写给她的只言片语中，显露了他对她深厚如海的情意。而风雅缱绻的玉女剑法，却满蕴了她对他温柔缠绵的心思。

但是，她对他的爱情却始终得不到他的正面回应，他这样若远若近地暧昧着，明明爱着她，却不愿靠近她，她满怀憧憬地准备了凤冠霞帔，经年之后，那些珠钗、玉镯、宝石耳环，仍然"灿烂华美，闪闪生光"。大红嫁衣更是镶嵌精雅，式样文秀，显是每一件都花过一番极大心血。但是这些融进她满心憧憬与甜蜜的物件，却始终没能派上用场。

最终，她在古墓中郁郁而终。木末芙蓉花，山中发红萼。涧户寂无人，纷纷开且落。她如玉美貌，如花青春，就这么静静耗完了。

等了一辈子，他还是没有到来。

在她死后，他悲痛万分，悄悄进入古墓祭她，却在见到她留下的武功后，又起了逞强之心，闭门三年苦思破解之法，却不得出。他隐隐明白，林朝英的才智武功，的确在他之上。但他仍然不愿意接受这一事实，好胜之心始终不减。在得到《九阴真经》之后居然又潜入古墓刻下武功心法，留下了"重阳一生，不弱于人"的文字。

他虽然爱她，却终究不愿甘心承认她胜过自己。实际上，《九阴真经》并非他所作，却被他拿过来自欺欺人。其实，承认她比自己厉害，又有何难呢？他终究是太爱惜自己，便忍心蹉跎了她的一生。由始至终，她都没有能被他温柔相待。

很多年后，一个少年使全真剑法，一个少女使玉女剑法，并肩御敌，情致缠绵。彼时他们相互眷恋，然而未结丝萝，内心隐隐又感到前途困厄正多，当真是亦喜亦忧，亦苦亦甜，这番心情，与林朝英创制这套"玉女素心剑"之意渐渐地心息相通。

那些清雅风致的剑法名称，曾经是她对爱情的全部憧憬。

她对爱情的梦想，终于在后人身上实现了。

小龙女

浑似姑射真人，天姿灵秀，意气殊高洁

在《倚天屠龙记》的开场，穿杏黄衣衫的郭襄，骑着驴儿，在山间小道上，低低地吟着一首词：

"春游浩荡，是年年寒食，梨花时节。白锦无纹香烂漫，玉树琼苞堆雪。静夜沉沉，浮光霭霭，冷浸溶溶月。人间天上，烂银霞照通彻。浑似姑射真人，天姿灵秀，意气殊高洁。万蕊参差谁信道，不与群芳同列。浩气清英，仙才卓荦，下土难分别。瑶台归去，洞天方看清绝。"

她念的这一首《无俗念》词，乃全真七子之一的长春子丘处机所作，这首词诵的似是梨花，其实词中真意却是赞誉一位身穿白衣的美貌少女小龙女，说她"浑似姑射真人，天姿灵秀，意气殊高洁"。姑射真人被誉为掌雪之神。小龙女清丽绝俗，美得不食人间烟火，便宛若姑射真人在人间的化身。而小龙女一生爱穿白衣，当真如风拂玉树，雪裹琼苞，兼之生性清冷，实当得起"冷浸溶溶月"的形容，丘处机以"无俗念"三字赠之，可说十分贴切。

在这本《倚天屠龙记》里，神雕大侠杨过，与古墓派传人小龙女，已经是一个久远缥缈得如泛黄卷宗，但浪漫缱绻得令人荡气回肠的传说。

而在《神雕侠侣》中，小龙女初次出场，正是琦年玉貌，盈盈十八，却是飘然出尘，缥缈如仙。当她年龄幼小之时，师父便教她不可动情，"少思、少念、少欲、少事、少语、少笑、少愁、少乐、少喜、少怒、少好、少恶"。这大约是师祖林朝英一生为情所苦，为了门下弟子免受相思煎熬，而创下如此的内功心法。于是，小龙女修习内功便没了半点喜怒哀乐之情。十八年来，她专心练功，心如止水，天真纯净，不谙世事，当得起"平静淡然，纯净无瑕"八个字。

杨过初见小龙女时，只不过是个十四岁的稚龄少年。他刚刚在重阳宫受尽委屈，幸得孙婆婆救助，却在古墓之中，巧遇小龙女。少年杨过只见那少女披着一袭轻纱般的白衣，犹似身在烟中雾里，除了一头黑发之外，全身雪白，面容秀美绝俗，只是肌肤间少了一层血色，显得苍白异常。她是如此清丽秀雅，莫可逼视，神色间却是冰冷淡漠，当真是洁若冰雪，也是冷若冰雪。她语音娇柔婉转，但语气之中似乎也没丝毫暖意，真的便如一个冰雪人儿一般。

小龙女自后在金庸书中出现，都是一袭白衣，周身淡淡如笼着一层烟雾，不食人间烟火。她是金庸关于爱情的一个梦境，一个投射。她是恍若姑射真人一般洁净清凉，清冷沉静，寻常男子可望而不可即的美人。

金庸在书中不遗余力地刻画她的美丽。就连黄蓉的明艳在她冰玉般的清丽之前，也黯然失色。黄蓉是属于人间的热闹，而小龙女却从来不属于这尘世。当武林盟主大战，小龙女第一次出现在众人面前时，浮上众人心头的四个字，便是"美若天仙"。

大战之后，客店休息之时，黄蓉将小龙女拉到身前，取出梳子给她梳头，只见她乌丝垂肩，轻软光润，极是可爱，于是将她柔丝细心卷起，从自己头上取下一枚束发金环，给她束上。黄蓉只觉她天真无邪，世事一窍不通，烛光下但见她容色秀美，清丽绝俗，和杨过确是一对璧人。

自从遇到杨过之后，小龙女一凭天性而为，欲喜即喜，欲悲即悲，更不勉强克制约束内心天然心情，一派澄净空明。她由初时冷若冰霜，漠不关心，到后来的情之所钟，生死以之，乃是趋于极端的性儿。而这跟杨过又是多么相像，爱便极爱，恨便极恨。若是爱了，便拼尽全身力气。只有杨过，会给小龙女百分之百的爱情，也只有小龙女，才会对杨过全心全意。

在武林高手争斗武林盟主之时，两人久别重逢，执手而语，情致缠绵，竟然物我两忘，旁若无人。直到点苍渔隐与达尔巴恶战，点苍渔隐的铁桨桨柄断为两截，桨片飞开，跌在小龙女身前，打中了她的左脚。杨过大怒，转头寻找是谁投来这块铁板打痛了姑姑，因此开始了与霍都、达尔巴的大战。

就这样，杨过一战成名，崭露头角，成为小一辈中的杰出人物。这一场拼斗，杨过将他多年来的委屈与愤懑，全部宣泄出来了，展示了他在武学上的天分与造诣，真正地扬眉吐气了。

在打斗中，杨过还不忘抽空称赞小龙女的美貌。小龙女听杨过称赞，心中喜欢，嫣然一笑，真如异花初胎，美玉生晕，明艳绝伦。

后来，他们又在酒楼上为了营救黄蓉母女而并肩御敌，他们修习这套剑法，数度无功，此刻身遭奇险，相互情切关心，都是不顾自身安危，先救情侣，正合上了剑法的主旨。黄蓉在旁观战，只见小龙女晕生双颊，满面羞涩，杨过时时偷眼相觑，依恋回护，虽是并战强敌，却流露出男欢女悦、情深爱切的模样，不由得暗暗心惊，同时受了二人的感染，竟回想到与郭靖初恋时的情景。

这样深沉的爱情，普通人很难遇到。黄蓉想着，自己的女儿和徒儿的爱情，便如儿戏一般。如何及得上杨过和小龙女对彼此的情意，深沉、宽厚，而又温柔、细致。

小龙女不仅貌美，而且聪慧。周伯通教小龙女左右互搏之术，小龙女一点即透，融会贯通后，武功又陡然强了一倍。

她的心思纤尘不染，心心念念只有一个杨过。他和她都是至情至性之人，虽然杨过热情似火，小龙女冷若冰霜，但是他们对爱情都同样地纯粹。这一场在旁人看来惊世骇俗的师生恋，在小龙女心中却是再自然不过的事情，她不过是要跟最心爱的男子在一起，至于旁人怎么想，她从不放心上。她只是一心一意希望他幸福。为此，她一次又一次地放弃他，逃离他，而幸好，他从来不放弃，一次又一次，费尽千辛万苦找到了她。

杨过代表的是青春，冲动、叛逆、敢爱敢恨。他是《神雕侠侣》里每个少女心中都曾爱过的小小少年。但小龙女对杨过的爱，却比那些少女的更深沉，更醇厚。一见杨过误终身的少女很多，陆无双、程英、郭襄，而只有小龙女，是真正懂得他的人，真正爱他也适合他的人。她散落在眉梢眼角的温柔，轻轻地裹住杨过满心的倦累。无论他是那个嘉兴乡下的落难少年，还是意气风发的少年英侠，还是名满天下的神雕大侠，她都在全心全意地怜惜着他，关爱着他。

正如杨过是青春的象征一般，小龙女也是青春的象征。她仿佛永不老去，心思也永远简单清澈，永远散发着遗世而独立的清冷气息。

杨过自幼父母双亡，流落江湖，受尽苦楚，尝遍世间冷暖。他性格也极偏激，至情至性，爱便极爱，恨便极恨。别的少女，只看见他仗剑风流，芳心可可，却不知他心中苦楚，际遇悲惨。而这个历经沧桑的少年唯一刻骨铭心之深爱，只有她，清心自映的小龙女。

小龙女是那种望之便让心中流过一道沁凉泉水的人，而她冰净安宁，一派赤子的纯澈之心，正好能安抚杨过那颗饱受江湖风霜之苦的老灵魂。

而她也爱着他备受摧残的容颜，在十六年终于重聚后，他看着她依旧美丽的脸，说，龙儿，你一点都没变，但我却老了。而她却轻轻抚摸上他的面颊，柔声说道，不是老了，是我的过儿长大了。

虽然已经出走半生，沧海桑田，而他在她眼中，仍然是她的小小少年。

这人生如此凄苦，如此无奈，幸好，他还有她。

世人笑我太疯癫，我笑世人看不穿。本来，这俗世便纷扰喧嚣，那么，遵从自己的心，任由别人去说，好也罢，坏也罢，又有什么打紧？尽管他们的爱情并不完美，小龙女失身于尹志平，杨过断臂，但他们的爱情，仍然是金庸书中最梦幻最深沉的爱情。

在金庸所有的小说中，杨过和小龙女是最纯粹也最懂得对方的一对。他们完全明白且信任对方。让自己感到舒服和放松的相处，才是真正合适的相处。只有在她面前，他才感觉到真正的自我。

成为神雕大侠后，杨过的行事作风，无不"重女轻男"，是因为对小龙女深沉的爱与敬，让他对天下的女子都心怀尊重。这也是一种宗教般洁净的情怀。

十六年后，杨过已经名满天下，威震江湖，再也不是那个被众人指责的叛逆少年，而是万人景仰的大侠。他用自己的强大实力，终于让曾经质疑他的礼法都闭了嘴，让曾经轻贱他的人都低了头。他终于可以正大光明、扬眉吐气地和心爱之人站在一起，接受众人的祝福。

金庸显然也是折服于这对年轻人超越一切的具有宗教式肃穆和悲壮的爱的。他在书里发了一段议论：

自从他们在古墓中共处，早就是这样了，只不过那时她不知道这是为了情爱，杨过也不知道。两人只觉得互相关怀，是应有之义，既然古墓中只有们两人，如果不关怀不体惜对方，那么又去关怀体惜谁呢？其实这对少年男女，早在他们自己知道之前，已在互相深深的爱恋了。

直到有一天，他们自己才知道，决不能没有了对方而再活着，对方比自己的生命更重要。

每一对互相爱恋的男女都会这样想。可是只有真正深情之人，那些天生具有至性至情之人，这样的两个男女碰在一起，互相爱上了，他们才会真正地爱惜对方，远胜于爱惜自己。

而他们也终于能避开这熙攘尘世，独居这世上静谧的一隅，他终于可以淡漠了繁华只为她开怀，陪她远离寂寞自由自在。

最后，杨过和小龙女在华山之巅飘然而下，就此远去，隐居终南，绝迹江湖。

从此，缔造了永远的神雕侠侣，江湖上不灭的传奇。

郭 襄
相思相见知何日，此时此夜难为情

青驴小剑，独自一人，游遍江湖。但是，再也找寻不见他的影子。

那个英俊潇洒的盖世大侠，成了她永远不能企及的梦。

爱情如信仰，信则有，不信则无。而于她，爱情成了一辈子美丽的追寻，一辈子凄凉的甜蜜。

一见杨过误终身。是否每个少女心中都曾有那样一个惊艳时光的少年，却如惊鸿掠影，倏忽不见。有的女孩子忘记了他，静静牵着身边那个温柔岁月的人老去，而有的女孩子，却记了一辈子，用一生的时间去默默追寻和想念。

郭襄，便是后者。

她有着不凡的身世，父亲是大侠郭靖，母亲是丐帮帮主黄蓉，外公是东邪黄药师。而她出生之日竟遭逢凶险，少年杨过抢出这个小小女婴，只见她眉目如画，娇细柔美。

喝过豹奶和玉蜂浆，在当时三大绝代高手的刀光剑影中安之若素，是否这就预示了她不会平凡的一生呢？

再出场时，郭襄已是十五六岁年纪，出落得清雅秀丽。她穿着淡绿缎子的皮袄，颈中挂着一串明珠，每粒珠子都是一般的小指头大小，发出淡淡光晕。

她没有姐姐的明艳照人，却多了一份灵秀潇洒。她的襟怀见识，也均远在姐姐之上。

金钗邀客，风陵夜话，她听得神雕大侠种种英雄事迹，油然而生神往之心。就这样，怀着对大哥哥的崇拜，少女小襄儿开始了奇异的冒险之旅。

她终于见到了他，他却戴着人皮面具。未见他之时，出于少女的浪漫情怀，她将他想象得风流儒雅、英俊潇洒，此时一见，不禁大失所望，忍不住再向他看了一眼，却见他一双眸子精光四射，英气逼人。她不由自主地晕生双颊。

当他缓缓取下面具，登时现出一张清癯俊秀的脸孔，剑眉入鬓，凤眼生威。小襄儿怔怔地瞧着他，俏脸一红。心中悄悄说："想不到你生得这般俊。"却没想到，就从此魂牵梦绕，永不能相忘。

十六岁生日那天，他带来轰动全场的三件大礼。襄儿仰起了小脸儿，烟花如斯灿烂，在夜空中缓缓绽放，定格成生命中那一季，最璀璨的童话。

在如花的岁月中，遇见了完全符合甚至超越少女英雄梦想的那个人，一起经历了一段缱绻传奇，如何再能忘却？风陵夜话，黑沼灵狐，三枚金针，灿然烟花……少女芳心萌动，温柔宛转，心里满满的都是他的影子，再也容不下其他人。

其实，杨过见郭襄温和豪迈，天真活泼，人又美秀，心中便甚喜欢，又想到她初生之时，自己曾为她舍生忘死之事，不禁充满了爱护之意，又见她对己真诚依恋，自此对她全是一片柔情美意。若有人加害，他便舍了性命，也要维护她周全。

他对她，确实只有长兄对小妹的怜爱。但是她对他，除了崇拜，却是极其青涩却深沉的爱恋。

紧紧握住第三根玉蜂金针，看见他纵身跳崖，小女孩的心里忘却了一切，双足一顿，也随他而下。那时懵懂的心，可曾明白，爱情之不可承受之重。

月明在天，清风吹叶，望着他远去的背影，襄儿再也忍不住，眼泪夺眶而出。

秋风清，秋风明；落叶聚还散，寒鸦栖复惊。相思相见知何日，此时此夜难为情。

于是，襄儿从此，便投入寻找他的旅程之中。三年之后，她来到了少林寺，去找无色禅师询问他的踪迹。这三年来，她独自一人踏遍万水千山，却再也没有找见过他。走过终南山，终南山古墓紧闭；走过绝情谷，绝情谷谷毁风寂；走过风陵渡，风陵渡物是人非。那刻凿在石碑上的字，年深月久之后也须磨灭，但刻在襄儿心上的，却是时日越久反而越加清晰。

她低低吟着觉远所说的四句偈言，不由得痴了，心中默默念道："由爱故生忧，由爱故生怖；若离于爱者，无忧亦无怖。"忍不住低声道："如何才能离于爱，如何能无忧无怖？"

这世上的能人侠士、英俊少年很多，在山中，她邂逅了白衣潇洒的昆仑三圣何足道，他也是个风流人物，一曲"百鸟朝凤"曾引来群鸟飞舞，后来以剑划地为局，自己跟自己下棋。而何足道与郭襄交谈之后，大为倾倒。他把"考盘"与"蒹葭"糅合在一起，谱成新曲，特地赶来唱给郭襄听："考盘在涧，硕人之宽，蒹葭苍苍，白露为霜，所谓伊人，在天一方……"琴韵缠绵，充满了思慕之情。

还有那少年张君宝。在她来到少林寺之后，张君宝亦步亦趋地远远跟着她，郭襄循路下山，张君宝在她身后，相距五六步，不敢和她并肩而行。而返寺之时，他也向郭襄深深凝望一眼，走上山去。

少年海一样的情意，全部隐藏在平静无波之中，不敢让她知道。觉远去世后，郭襄从腕上褪下一只金丝镯儿，连同少林大师刚刚赠送的铁罗汉，都递了给他，教他到襄阳投奔父母。

而张君宝不愿寄人篱下，几十年后，成了一代宗师张三丰。而白发皓首之时，他还贴身保留着她送给他的铁罗汉，在看到铁罗汉的瞬间，他仍然会想起当年那个明慧潇洒的少女。这一百年来，他从未忘却她。

但在襄儿心中，除却杨过，其他人等都只是如过眼云烟，风萍聚散，不着痕迹。

花开花落，少年子弟江湖老。红颜少女的鬓旁，终于也生了白发。那个明眸皓齿、宜嗔宜喜的小襄儿，终于也老了。

四十岁的时候，她对着庄严慈爱的佛像，终于缓缓举起手中的长剑，轻轻一挥，斩下满头烦恼丝。但仍然，斩不断缠绵回转的万缕情丝。

真是苍凉，红颜弹指老，刹那芳华。襄儿找了一辈子，念了一辈子，终究是没有找到杨过。但她是具中大智慧之人，并未陷入苦恋之中，而是不断地追寻。在追寻的过程中，她经历了江湖中的种种风霜，心思渐渐深沉宁静。

曾经在那样好的年华里，遇到了那样好的一个人，她如何还能接受别人？其实，她也并非刻意去等他，只是，她后来所遇到的人，再也没能像他一样，给过她那种怦然心动的感觉。因此，她决意听从本心，不愿将就。

于是，他成了她一生不能相忘的梦。她以绝顶根骨，倾世容颜甘愿孤独终老。因为，他的影子，早已深深刻入心中，让她在以后的岁月里都在深深地留恋，历经岁月，却清晰如昨。

不如，就在回忆中，静静等他。这也是她忠于内心的选择。

待到年华老去之时，她把所有的智慧和灵气聚集在了武功之中，创下峨眉派，创下这与少林、武当并肩的名门正派，成为一代宗师。

她给衣钵弟子取名风陵，是为风陵师太。她终究是忘不了啊，十六岁时，初次听到他英雄事迹，让少女内心波澜迭起的风陵夜话。

多年以后，她的徒孙灭绝师太以一招"黑沼灵狐"将宋青书的长剑弹入半空，剑光夭矫如电，却隐藏着一段无法相望的相遇故事。

他们并不知道，半个多世纪以前，那少女郭襄纯真的爱，就像草尖上滴绿的露珠，绝美又令人心碎。

完颜萍

此身天地一浮萍

在《神雕侠侣》中，完颜萍真正喜欢的人，并不是让众多少女一见误终身的杨过，而是另有其人。

她本是金国贵族之后，自幼便失去双亲，孤苦伶仃，流落江湖。怀着国仇家恨，练成一身的武功，要找到那蒙古高官耶律楚材报仇。而这一次，她遇上了耶律楚材的儿子，耶律齐。

完颜萍生得容色清秀，身材瘦削，而她身世飘零，遭逢不幸，似乎生来就叫人怜惜。当风致楚楚的少女腰肢轻摆，决绝地刺出那一剑时，耶律齐心中涌起的，只有怜悯。他与她交手数次，始终手下留情。

当她第三次的刺杀，仍然被武功高强的他阻拦下之时，她凄恻伤痛，万念俱灰，左手横刀就往颈项中抹去。他始终目不转睛地看着她，见她横刀自刎，连忙抢上两步，右手长出，又伸两指将她柳叶刀夺了, 救了她一命。

她瘦瘦的瓜子脸上有一双仿佛含满了露水一般的眼睛, 而此时, 她美丽的眼眸中满是凄凉与倔强。这秋水明眸不仅让他为之怔忡, 也让窗外偷看的杨过惊艳。

他知道她报仇之心不会灭, 又怕她再寻短见, 于是便出言相激, 希望她心存希望, 寻师学艺, 专注练武, 定下了对她来说只有好处的要约。他说, 如若她的武艺能逼得他出右手, 那么他就认输, 任她处置。

他的妹妹取笑他, 你既要她作我嫂子, 就不该放她。他正色道, 别胡说, 而转过身去, 他又不自禁地悄然望着她离去时的那个窗子。如若没有情意, 他怎么可能对她如此温柔细致? 不知什么时候开始, 那个柔弱少女眼神里的倔强, 在他心头, 就再未淡去。

这时, 杨过来了。完颜萍明亮眼波中的痛楚凄凉打动了他, 令他想起了自己心爱的女子。于是, 他教给了她一个假装自刎而逼耶律齐出手的办法。她果然照做了。

耶律齐慷慨豪侠, 明知这一出手相救, 乃是自舍性命, 危急之际竟然还是伸出左手, 在完颜萍右腕上一挡, 手腕翻处, 夺过了她的柳叶刀来。电光火石的一瞬间, 他来不及犹豫, 便决定救她, 他愿意以自己的生命, 来化解她心中的仇恨。

她其实是可以刺下去的, 但是, 却终究下不了手。烛光下只见他神色坦然, 凛凛生威, 见到这般男子汉的气概, 想起他是为了相救自己才用左手, 这一刀那还砍得下去? 她眼中杀气突转柔和, 将刀子往地下一掷, 掩面奔出。

她六神无主, 信步所之, 直奔郊外, 到了一条小溪旁, 望着淡淡的星光映在溪中，心中乱成一团。过了良久良久，叹了一口长气。

她在小溪边独自发呆，却不知道，她临去时的盈盈眼波，也让耶律齐心潮起伏，百感交集。

耶律齐是默默地喜欢着完颜萍的。而完颜萍，却猛然发现，自己也不知道什么时候，因为他的温柔相待，对他，也有了非同一般的好感。在发现这个事实的时候，她仓皇失措，心乱如麻。

如果没有国仇家恨，宽厚豪迈、沉稳内敛的他，与清丽温柔，外柔内刚的她，从家世、武功、品性各方面来说，未尝不是一对佳侣。但这造物变迁，世事无常，故事还没有开始，便悄无声息地结束了。

再次与耶律齐相逢，却是物是人非。那淡淡的情愫已经深埋在他和她的心里。他是一个蒙古人，已经意识到，要想留在大宋干一番事业，最好的方法莫过于依靠大侠郭靖和丐帮帮主黄蓉了。于是，在遇见郭靖和黄蓉的女儿郭芙时，他便转向了追求郭芙。

绝情谷里，完颜萍和郭芙都被公孙止抓住，在黄蓉面前，耶律齐弃完颜萍不顾，飞身相救郭芙。而后来在终南山，当郭芙深陷火场，而黄蓉没有在场，耶律齐看火势太猛，没能赶过去，而不假思索、不顾性命在熊熊烈火中救她的，却是被她伤害至深的杨过。当杨过救出郭芙后，耶律齐只是奔上去安慰她。

设想，如果是完颜萍在火场，那耶律齐怕是舍了性命也要救吧。在对郭芙上，耶律齐是理性的，在黄蓉面前，他奋力表现着。而在对完颜萍时，耶律齐却是感性的，他曾经把命交到她手里，也不皱一下眉头。真正爱哪个人，一个人的身体其实比心更诚实。

但后来，理性终于战胜了感性，他选择的，是郭芙。在他向郭芙献殷勤的时候，完颜萍也许就在一旁，黯然神伤。

她接受了小武的求爱。

爱情是发自于心，而婚姻，却不完全是为了爱情，还有太多现实的因素。而他和她，都是这烟火人间的现实一员。像杨过小龙女那种完全至情至性的人物，完全理想化而不食人间烟火的爱情，太少也太难。

后来，他终于成为丐帮帮主，号令群雄的英雄。而她也已经生儿育女，丈夫小武也终于成了小一辈中第一流的人物。他对妻子呵护有加，她跟丈夫情深义重。

看似皆大欢喜，却总是有无法言语的惆怅低徊。

午夜梦回之时，她是否还会想起，昔日那豪迈少年电光火石间的出手相救。而他又是否会想起，她临走时感情复杂的那个回眸。

人生若只如初见。

也许，没有结局的故事，更耐人寻味。

公孙绿萼

萼绿华来无定所，杜兰香去未移时

　　绿萼，是托在花瓣下部的一圈叶状绿色小片，也是一种馥郁梅花的名字，绿萼梅。在中国古代神话中，有一位心仪凡人羊权而夜降羊家的美丽仙女，名字便叫萼绿华。

　　绿萼，绿萼，她的人，也是如此，来去匆匆。她连花儿也不是，只是花托上小小的，绿色的花萼。

　　她的一生，也是为了静静地衬托他人。杨过的故事，她只参与了很小的一部分，连配角都说不上。

　　但在她的故事里，她是绝对的主角。她用青春与生命，将自己的爱情完成得荡气回肠。

　　她本是身在世外桃源，与世隔绝，过着清心寡欲，洁净如水的生活，是一个幽居空谷的清灵少女。父亲和师兄弟们都不苟言笑。原以为，这一辈子，就这么平平淡淡地度过了，不知世事，不理俗务。

却不料，有一天，有一位英俊少年无心的闯入，让她的整个人生，从此改变了方向。

那少年杨过初次入谷，满目新鲜。她正在采摘情花，随手递给他一朵。少年不自禁地伸手接过花朵，一瓣瓣地放入口中。那情花入口香甜，芳甘似蜜，更微有醺醺然的酒气，正感心神俱畅，但嚼了几下，却有一股苦涩的味道，要待吐出，似觉不舍，要吞入肚内，又有点难以下咽。少年再细看那花，枝叶上生满小刺，花瓣的颜色却是娇艳无比，似芙蓉而更香，如山茶而增艳。

这便是情花。情花初次品尝时，极甘芬醺然，这便如两人的初次邂逅，爱情的初次心动，总是无与伦比的美好。

少年天性跳脱，跟她逗趣，开各种玩笑，说"一笑倾城"的典故，她忍俊不禁，被他逗得咯咯直笑，顾盼生辉。她从未见过这样有趣的少年，他从另一个世界走来，给她从未有过的新鲜感觉。

她是美的。杨过眼中的她，大约十七八岁，肤色娇嫩，眼神清澈，嘴边有粒小小黑痣，容貌甚美。但与小龙女相比固然远为不及，较之程英之柔、陆无双之俏，似乎微见逊色，只是她秀雅脱俗，自有一般清灵之气。

一笑之后，少女却是芳心暗系，一缕柔情，竟牢牢系于这初见的少年身上。

她爱上他虽是意料之外，却是情理之中。她六岁便失去母亲，父亲对她毫无亲情，她常年在谷中，见到的都是冷冰冰的毫无温度的人，何曾想到会遇到这样一个少年，英俊潇洒，说话更是生动有趣，不经意间便让她的心弦悄然而动。

"好看的皮囊千篇一律，有趣的灵魂万里挑一。"而他，不仅有好看的皮囊，更有着有趣的灵魂。

绿萼自然倾心了。

杨过却没有料到，这次看似无心亦无意的邂逅，会给这个少女的一生带来什么。

在这样冷漠的环境中长大起来的绿萼，却仍然拥有着少女轻盈真善的心思。这样恶毒的父母，居然会生出这样的女儿，仿佛黑沼泽地里生出了一朵灿然明亮的荷花。

他中了情花之毒，这世上，只有绝情丹和断肠草能解。她想尽办法偷取绝情丹给他，却被父亲发现，堕入鳄鱼潭。他飞身来救她，随他一起坠入深潭。

这是她最甜美的一段记忆了吧。虽然在凶险无比的深井水潭，但他紧紧抱住她，小心护持着她，他和她，从来没有如此接近过。

听到鳄鱼逼近的声音，她低声道："杨大哥，想不到我和你死在一处。"语气中竟有喜慰之意。她只要和他在一起，就算是龙潭虎穴，心中都是甜甜的喜悦。

少年足智多谋，更兼有一身高强武功。两人竟然在如此凶险之境脱险而出。他取出怀中的地图和匕首。那匕首上的宝珠柔光，映上她的俏脸，她的心中，也是温柔无限。

她为了他，背叛自己狠毒无耻的父亲，甚至要被父亲处死之时，仍然安静选择让杨过生而让自己死。她为了他，又背叛了自己偏执奸恶的母亲，找寻丹药，甚至不惜让情花的千针万刺刺入自己体内。她为了他，付出了能付出的所有，却从未想过回报。"她们的品貌武功，过去和他的交情，又岂是我所能及的？"她知道他的心思从不在她身上，却从来不悔自己的付出。她的爱情，带虔诚的洁净与温柔。

她就这样，看着他因为她而焦急的目光，芳心大慰，撞向刀锋，含笑而逝。

但少年并未把她放在心上过，就连她用生命换来的半颗绝情丹，他也丢入谷底，因为他要和心中所爱同生共死。她的牺牲，变得袅如轻烟，徒留一声叹息。

如果，她不是一直幽居在深谷，而是见识了很多的出色少年，她还会飞蛾扑火一般，甘心为杨过做无谓的牺牲吗？当初惊艳，仅仅只因为世面见得少吗？旁人看来，只觉不值。

她的一生，也从未绽放过。就像小小的，安静的，不引人注目的绿色花萼。

她没要求过什么，没期待过什么。这是她一个人默默完成的爱情，无人关注。但是，在她的故事中，她是主角。

关于绿衣，诗经里曾经有这么一首悼亡诗：

> 绿兮衣兮，绿衣黄里。心之忧矣，曷维其已？
> 绿兮衣兮，绿衣黄裳。心之忧矣，曷维其亡？
> 绿兮丝兮，女所治兮。我思古人，俾无訧兮。
> 絺兮绤兮，凄其以风，我思古人，实获我心。

那个绿衣的少女，从此只是杨过心中偶然一闪而过的温润之光。

李莫愁

河中之水向东流，洛阳女儿名莫愁

莫愁，莫愁，便是一个风露清愁的名字。

是一个普通的平民家庭里吧，初生了玉雪可爱的小女儿。望着小婴儿丰润的面庞，那母亲的心中，便浮泛起温柔的愿望，小小的女孩儿呀，愿你此生无忧，长乐未央。

因此，给她取名莫愁吧。

她和小龙女一样，也是在古墓中长大，和传说中的莫愁女一样，她冰雪聪明，容颜如花，练得一身高强武功。多年后，武三娘也忍不住赞叹，那江湖上闻风丧胆的赤练仙子李莫愁，十多年前，却也是个美貌温柔的好女子。

武功初成、正值青春的她，如同早春初绽的一点梅心，轻颦浅笑，莫不动人。古墓派武功本来就绰约如仙子，而她身法迅捷，脚步轻盈，再加之美目流盼，桃腮带晕，莞尔一笑间，便如春花，定是叫人心旌摇曳的。

若是得遇良人，她会是多么幸福的一生。

只可惜她爱错了人。陆展元和她，确实是爱过的。她并不是没有回应的单方面的苦恋。那方锦帕便是证明——李莫愁曾经送过陆展元一方锦帕，上绣着红花绿叶，红花是大理国最著名的曼陀罗花，李莫愁比作自己，"绿""陆"音同，绿叶就是比作她心爱的陆郎。

想当年，他们也有过两情相悦的甜美时光。少女笑容漫开，如春水照梨花，她满心欢喜地看着他，幻想着他能和她朝朝暮暮，一直一直厮守在一起。

她含笑绣着那方锦帕，把自己缠绵悱恻的心事，全部一针一线绣进细密的针脚。

丝帕本来就是定情之物。一方素帕便可表白心事。不写情词不写诗，一方素帕寄心知。心知拿了颠倒看，横也丝来竖也丝，这般心事有谁知。

何况，她送他的那方锦帕，细细绣上了她和他。红花与绿叶，恰似莫愁与陆郎。

这方深情，她以为他会懂得，会珍惜。

却没想到，他却欺骗了她的感情，爱上了另一位女子。

那何沅君，比她更年轻，美丽，温柔，最重要的，是新鲜。她已经是旧人，而男子，太多喜新厌旧。尽管有了新人之后，他们也常念及旧人。但人心，总是不知足的。他和新人并肩闯荡江湖，一个是拈花微笑、明眸流盼的少女，另一个却是长身玉立、神情潇洒的少年，众人都道是一对极相配的侠侣，而谁还记得她呢？

她无法接受这打击，心里恨极了，恨天恨地，恨自己痴心错付，更恨那薄情郎移情别恋，恨何沅君横刀夺爱。她是多骄傲的一个少女，然而她最爱的情郎陆展元却深深伤害了她的骄傲。她无法平静接受这一现实，无法理解爱情为何不按自己意愿，情深如她，为何不被他善待？

她不知道，爱情是最善变的，无人可以捉摸，令人措手不及。她总想着紧紧去抓住爱情，越想去抓住，却越抓不住。她的师父没有爱情，师祖情场失意，没有人教会她如何去爱一个人，也如何爱自己。而她自己，在爱情上的悟性也实在太低，无法开解自己，最终走入邪道，心魔难解。

从此，那位温柔的莫愁姑娘不见了，她变成了另一个人，变成了狠毒、冷酷、叱咤江湖、令人闻风丧胆的赤练仙子李莫愁。

时光对美人总是较为仁慈。弹指十年，她容颜未改，肌肤娇嫩，宛如昔日好女。武三通再次见到她，只见她话声轻柔婉转，神态娇媚，明眸皓齿，肤色白腻，仍然是个出色的美人。他不由得大感诧异："怎么十年不见，她仍是这等年轻貌美？"

但实际上，这十年，她的内心，已经沧海桑田。

纵横江湖那么多年，人人都道她心狠手辣，却不知道她当初如水的温柔。她用的暗器是冰魄银针，针身镂刻花纹，打造精致，却剧毒无比，几乎见血封喉。这暗器多么像她自己，她已经完全冰封了自己的感情，貌若桃李，却毒如蛇蝎。

只有在夜深人静的时候，她还在吟唱着一首渺远的歌谣：

问世间情是何物，直教生死相许。

天南地北双飞客，老翅几回寒暑。

　　欢乐趣，离别苦，就中更有痴儿女。

　　君应有语，渺万里层云，千山暮雪，只影向谁去。

　　又过了几年，她去找杨过、程英、陆无双寻仇，却在土屋外，听到月下程英与杨过的箫歌相和"流波"。她侧耳倾听，衣袂飘风，想起了少年时与爱侣陆展元共奏乐曲的情景，一个吹笛，一个吹笙，这曲"流波"便是当年常相吹奏的。时光弹指，旧事幽幽，音韵依旧，却已是"风月无暗换"，耳听得箫歌酬答，曲尽绸缪，李莫愁蓦地伤痛难禁，忍不住纵声大哭。

　　这是她唯一一次在人前失态。她胸中痛楚，无处可诉。她纵声而歌："问世间情是何物，直教生死相许……"

　　抚养小郭襄应该是她一生中难得的恬静喜悦的时光。已到中年，她没有爱人，没有儿女，没有朋友，孑然一身，飘荡江湖。忽然来了个粉妆玉琢的小女婴，唤醒了她心底深藏的母性与柔情。

　　她仿佛回到了二十年前，她还是小姑娘的时候，世界天高云淡，少女玉净花明。一切都很美好，仿佛还可以更美好。在那时，她没有因爱痴狂，也没有毁人误己。

　　梦终究碎了。小襄儿被黄蓉追回，她身中情花之毒，又遇到阴狠的公孙止。她是痴情之人，却在绝情谷熊熊烈火之中，结束了自己的生命。

　　临死之前，她胸腹奇痛，遥遥望见杨过和小龙女并肩头而来，一个是英俊潇洒的美少年，一个是娇柔婀娜的俏姑娘，她眼睛一花，模模糊糊的竟看到是自己刻骨相思的意中人陆展元，另一个却是他的妻子何沅君。她冲口而出，叫道："展元，你好狠心，这时还有脸来见我？"

火焰已将她全身裹住，她心中却全是爱恨情仇。突然火中传出她凄厉的歌声："问世间情是何物，直教以身相许？天南地北……"唱到这里，声若游丝，悄然而绝。

每一个女子，都应该是被爱情善待的。如果曾经相爱的那个人，不再善待她，她还是应该善待自己。不要让自己，变成曾经最不想变成的模样。

洪凌波

凌波不过横塘路，但目送、芳尘去

凌波这个名字，也是绰约如仙，轻灵婉约。曹植《洛神赋》中有云："凌波微步，罗袜生尘。"即是比喻美人步履轻盈曼妙，如踏碧波翩翩而行。

她也是个正值青春的美人儿。她从小便跟着赤练仙子李莫愁闯荡江湖，在心狠手辣的师父手下，她居然还能得其欢心，并学了一身武功。

在攻打陆家庄时，她不过十五六岁年纪，手中一柄长剑却守忽转攻，攻倏变守，剑法甚是凌厉，已得李莫愁真传，可见她的聪敏机变。虽然被狠辣的师父耳濡目染，但是她依然偷偷保持了自己的天性。

她爱美，名唤凌波，自然长得也是极美。而她对自己的容貌也是自信的。她向来自负美貌，任何男子见了都要呆看半响。

她在终南山下，遇到逃出古墓的少年杨过。连杨过也不得不承认洪凌波"也算得美了，只是还不及桃花岛郭伯母，更加不及我姑姑"。

　　杨过装痴卖傻，跌跌撞撞，她却并不如何恼怒，反而因为少年的英俊而心生欢喜。她在石上坐下，整理被风吹散了的秀发，还从怀里摸出一只象牙小梳，慢慢梳着头发。她故意在少年面前展现她的美貌，问他："喂，你说我好不好看？"当杨过逗她之时，她也会大怒生气，转瞬间又转怒为喜。

　　她不同于师父李莫愁，她有些小自恋，有些小野蛮，有些小狡黠，像一切处在青春期的小少女。她是在污泥与毒素之中成长起来的，却成长得明艳灿烂，她决意要成为一朵鲜花，而不是一根毒草。

　　不管环境怎样，她要成为她自己想要成为的样子。果然，她成功了。

　　终南山下，杨过握住她的手，她的手是温暖的。杨过只觉温腻软滑，心中暗暗奇怪："姑姑与她都是女子，怎么姑姑的手冷冰冰的，她却这么温暖。"

　　她有狡黠的小心思，也有不切实际的小野心。她希望能获取李莫愁的欢心，也能在江湖上独当一面。但她的内心也是温暖的。她怜悯出身孤苦的陆无双，对她真心疼爱，加意护持。

　　终于，她打动了李莫愁，让陆无双也拜在门下，成了她师妹。而李莫愁对陆无双总是心存疑忌，并不肯传她真正的一流功夫。洪凌波见师妹可怜，暗中常加点拨，因此陆无双的功夫说高固然不高，说低却也不低。在李莫愁一再追杀陆无双时，洪凌波也刻意回护，手下留情。

　　但她的青春，却没有机会如花绽放过，她始终战战兢兢、如履薄冰地跟在李莫愁身旁，就这样，把春花秋月悄然蹉跎了。

　　她的世界，狭窄得只剩下李莫愁，以她的喜怒为喜怒。她不像陆无双，最后还能逃脱李莫愁的魔爪，能和表姐程英一起住到桃花岛上去，守住一份清静与自在。

　　直到最后，她仍然没有逃脱师父毒手。在绝情谷里，她被师父毫不留情地当成踏脚石，身上被刺入千万尖刺，这样惨烈死去。临死之前，她拉住李莫愁的双脚，将她也拉入了情花丛中，为自己报了一仇。

　　这是个性十足的洪凌波，她没有好的出身，亦没有好的境遇，在李莫愁的威严与控制之下，她依然悄悄努力，敢爱敢恨。

　　她死时，陆无双感念洪凌波平素相待之情，伤痛难禁，放声大哭，杨过想起当日戏弄洪凌波的情景，也不禁黯然神伤。

　　这世上，也许只有这两个人，记得她曾经来过。

殷素素

娥娥红粉妆，纤纤出素手

　　殷素素是天鹰教教主之女，武功高强，备受尊崇，再加上容貌清丽绝俗，精通琴棋诗画，称得上是"天之骄女"。她个性倔强，却又不失温柔，身上带着几分邪气，亦带几分灵气，柔情绰态，媚于语言，极具魅力。

　　这样骄傲美丽的少女，她看上的男子，自然也不是平庸之辈。那时的少年张翠山，是武当五侠之一，号称"银钩铁划"，除一身高超武艺之外，还精通书法，雅好诗词。此外，他还文质彬彬，面目俊秀，虽然略觉清癯，但神朗气爽。他身上，有着少年的华彩与激情，也有着侠客的沉稳与豪迈。

　　他是少女梦想中的佳侣。于是，她对他一见钟情。

　　但是，他和她，一个是名门侠客，一个是魔教妖女，如何能走到一起呢？

殷素素玲珑璇玑巧心思，用心营造了一个浪漫缱绻又不落窠臼的邂逅。

在张翠山经历了一番江湖中腥风血雨的打斗之后，忽听得琴韵冷冷，出自湖中，他抬起头来，只见一位少年文士正在舟中抚琴。他正要行开，忽听那文士在琴弦上轻拨三下，抬起头来，说道："兄台既有雅兴子夜游湖，何不便上舟来？"说着将手一挥。后梢伏着的一个舟子坐起身来，荡起双桨，将小舟划近岸边。

张翠山走到水边，待小舟划近，轻轻跃上了船头。舟中书生站起身来，微微一笑，拱手为礼，左手向着上首的座位一伸，请客人坐下。碧纱灯笼照映下，这书生手白胜雪，再看他相貌，玉颊微瘦，眉弯鼻挺，一笑时左颊上浅浅一个梨涡，远观之似是个风流俊俏的公子，这时相向而对，显是个女扮男装的妙龄丽人。

这是他们的第一次见面。他被她的容貌和琴声所惊艳，也被她的神秘和浪漫所吸引。

他见对方竟是个女子，一愕之下，登时脸红，站起身来，立时倒跃回岸。忽听得桨声响起，小舟已缓缓荡向湖心，但听那少女抚琴歌道："今夕兴尽，来宵悠悠，六和塔下，垂柳扁舟。彼君子兮，宁当来游？"

舟去渐远，歌声渐低，但见波影浮动，一灯如豆，隐入了湖光水色。

那样惊心动魄的打斗过后，忽然又遇到如此旖旎迷人的场景，张翠山心潮起伏，足足在湖边立了半个时辰方才离去。

她那样神秘、美丽、隽秀、充满诱惑力，他，怎么可能不心动呢？

第二天，他如约而来，见碧纱灯下，她独坐船头，身穿淡绿衫子，仰天吟道："抱膝船头，思见嘉宾，微风波动，惆焉若醒。"他跃上船头相见，方才解开种种疑窦之处。他从未见过那样清丽而不可方物的姑娘，秋波流动，梨涡浅现，他被她容光惊艳，登觉自惭，又跃回岸上。当时风过雨落，她向他掷来一把伞，伞上画着远山近水，数株垂柳，一幅淡雅的水墨山水画，题着七个字道："斜风细雨不须归。" 这些清丽脱俗的书画都是出自她的笔下，令他为之心折。两人谈论书法，甚是投机，忘却了一切纷争喧扰。

但她竟这样任性而无礼，一言不合，便一掌打向已钉在自己臂上的暗器，皓臂似玉梅花妆，他忙帮她推拿解毒。

这么一嗔一怒，便如女孩子在心爱之人面前的撒娇，两人心头渐生异样，眼光一触，不约而同地都转开了头去。她开始唤他"张五哥"，他又一次怦然心动。

而他的长袍破了，她很自然地换下自己的男装递与他穿。他闻到那袍子上一缕缕淡淡的幽香。张翠山心神一荡。他虽然装作欣赏船舱板壁上的书画，但心事如潮，和船外船底的波涛一般汹涌起伏，哪里还看得进去？

这样的温软旖旎，男子如何拒绝？小妖女巧妙的小心机，让少年欲罢不能，无处可逃。

他是名门正派的君子，温文尔雅，端稳守礼，而她是妖女，容光照人，艳丽非凡，但娇嗔洒脱，任意妄为。她设计了这么一个浪漫的邂逅，她自信他会爱上自己。而他也的确不由自主地被她吸引，尽管他在心中一再地提醒自己，但爱情却已萌发，他无法控制。

性格相似的恋人能融洽相处，但性格互补的恋人彼此会更有吸引力。一般人也容易被互补的人所吸引，因为那种从未见过的新鲜与活力，给灵魂忽然吹来了一阵飒飒清风。

就此沉沦，甘愿万劫不复。

只因为相遇，实在太美。

正当他们互生好感之时，一场大海啸迫使他们远离中原，共经生死，来到了荒无人烟的孤岛——冰火岛。

在到达冰火岛之前，殷素素在茫茫大海中轻轻唱起了一曲《山坡羊》：

"他与咱，咱与他，两下里多牵挂。冤家，怎能够成就了姻缘，就死在阎王殿前，由他把那杵来舂，锯来解，把磨来挨，放在油锅里去炸。唉呀由他！只见那活人受罪，哪曾见过死鬼带枷？唉呀由他！火烧眉毛，且顾眼下。火烧眉毛，且顾眼下。"

与有情人，做快乐事，生命方才焕发大欢喜。两人决定什么都不顾了，"火烧眉毛，且顾眼下"，把那些所谓的名门正派、邪魔外道都抛在一边，张翠山终于直视了自己的内心，直视对殷素素再也压抑不住的感情。

他们终于在一起了。

冰火岛成了他们的伊甸园。没有礼教大防，没有正邪之分，他们是彼此眼中唯一的世界。张翠山终于放下了顾虑，与殷素素结为夫妻，并生下了儿子张无忌。

她收起了所有锐利的棱角和耀眼的光芒，变得温和而安静，偶尔有少女时的狡黠如明澈水波一闪，那也只是一闪而过而已，取而代之的是温静的眉眼，如同尘世间最平凡幸福的已婚女子。

在张无忌的回忆中，殷素素和张翠山的生活也是充满情趣。殷离跟他调笑玩闹之时，他仿佛看到了和父亲说笑时的母亲，禁不住热泪盈眶。张翠山和素素生活在一起，想来也是妙趣横生吧。

然而，她却是名门正教所难以容纳的妖女。他不是没有犹豫，他爱上了他，已经意乱情迷，可是没有勇气跟她在一起。跟金庸书中所有的书生一样，他软弱，犹豫，自重身份，缺乏果敢决断的大丈夫气概。在他心里，爱情固然重要，可是有太多比爱情更重要的东西。

她却决心做跟以往的自己截然不同的另一个人，只为跟他在一起。女子在爱情面前，大多比男子勇敢，有着飞蛾扑火的勇气和决心。

她曾经是一个任性骄傲的女子，飞扬跋扈，恣意妖娆，可自从遇见了他，她心甘情愿地低到尘埃里去，让心开出花来。

其实，在茫茫大海的一叶船上，他们并不是没有回到大陆上的机会，他们二人与谢逊抗衡，她却并没有按照他的嘱咐向谢逊发射银针来制住他，而是答应两人陪着谢逊去荒岛隐居。在她心中，其实也明白，如若回到中原，两人之间隔着重重阻拦，她依然抱着一线希望，希望再次以小小的心机，营造一个和心上人自由相处的环境。书中说道，若在寻常境遇之下，两人正邪殊途，顾虑良多，纵有爱恋相悦之情，也决不能霎时之间两心如一。而海上巨浪滔天，疾风呼啸，两人相拥相抱，周围漆黑一团，船身格格格的响个不停，随时都能碎裂，心中却感到说不出的甜蜜喜乐。

十年之后，为了儿子张无忌，两人重回中原，终于由梦幻回归现实了。

她和张翠山在俞岱岩处听到了郭襄苦寻杨过一辈子的故事，她禁不住觉得幸福。不管怎么样，她和心爱的男子整整相守了十年，享受了十年甜蜜温柔的夫妻生活，她已心满意足。

张翠山误会她害了他的三哥，在群雄面前毅然自杀之后，她的倔强与任性忽然又显现出来。她重新做回了自己，那个狡黠灵动的妖女。

她在少林派人士旁轻轻的一句耳语，不动声色间便让少林派平添了无数麻烦。而她附在儿子耳边的最后一句话："越是美丽的女子，越会骗人，你越是要小心提防。"是她的凄凉，也是她的无奈。她骗了他，以换取两人相爱、相知与相守的机会，在冰火岛那个与世隔绝的桃花源里，度过了十年甜柔幸福的夫妻生活，却仍然没有得到一个好的结局。越是美丽的女子，越会骗人，这也是她的自嘲。

她终是随他而去，她兑现了自己对他的诺言："天上地下，人间海底，都在一起。"

许诺过海枯石烂，此情不渝，但十年相濡以沫，他却从来没有信任过她。

他不是不爱她，只是，不懂她。

紫衫龙王

平生不会相思，才会相思，便害相思

"四大护法，紫白金青"，以"紫"为首，"白眉鹰王""金毛狮王""青翼幅王"各怀惊人绝技。但书的后半部，四大护法之首的"紫衫龙王"方才正式登场，不但是个女子，而且是个容颜绝美的混血波斯美人。

而她的初次出场，不过是在蝴蝶谷出现的"金花婆婆"，老态龙钟，又频频咳嗽，似乎久病缠身，但出手迅捷，狠辣诡异。谁也不曾想到，这个瞧了一眼便不愿再瞧的狠毒老婆婆，便是当年倾倒武林的紫衫龙王黛绮丝。

她的美丽容貌与绝世风神，后世的张无忌等人都是从谢逊口中得知。

在灵蛇岛上，张无忌问起，谢逊"嗯"了一声，仰头向天，出神了半晌，缓缓说道一段旖旎之极的故事。

那一年，波斯总教教主遣人将他女儿送来光明顶上，盼中土明教善予照拂。那少女一进厅堂，登时满堂生辉，但见她容色照人，明艳不可方物。当她向阳教主盈盈下拜之际，大厅上左右光明使、三法王、五散人、五行旗使，无不震动。那身着紫衣的明艳少女成了光明顶上人人宠爱的小公主，武林中的第一美人。

其时明教教内教外，盼获黛绮丝之青睐者，便说一百人也不为多，多年后连谢逊谈起她当年的美貌，还是难掩仰慕。光明右使范遥对黛绮丝更是终成刻骨相思，在他为了卧底王府自毁容颜，经历无数腥风血雨之后，看到容颜酷似黛绮丝的小昭，还会动了心底深处的一缕柔情，黯然说道："真像，真像。"

后来黛绮丝替阳顶天迎战仇人之子韩千叶，两个人在碧水寒潭大战，韩千叶被黛绮丝的匕首穿胸而过，却从此爱上了黛绮丝。

谁能说清楚这世间缘分的奇妙？有意栽花花不开，无心插柳柳成荫。

其时海上寒风北来，拂动各人的衣衫。谢逊说，当时碧水寒潭之畔的情景，今日回想，便如是昨天刚过的事一般。黛绮丝那日穿了一身紫色衣衫，她在冰上这么一站，当真胜如凌波仙子，突然间无声无息地破冰入潭，旁观群豪，无不惊异。

她每日前去探伤，照料那个倔强的少年，竟渐渐爱上了他，自然，他也勇敢地爱上了她。少年男女初次啜饮爱之琼浆，都感到了生平从未有过的喜悦。

等到韩千叶伤愈，黛绮丝忽然禀明教主，要嫁于此人。后来黛绮丝竟然破门出教，说自己再也不算是明教教徒，与韩千叶远走灵蛇岛。

黛绮丝本是波斯总教三位圣处女之一，奉派前来中土，积立功德，以便回归波斯，继任教主。而圣处女结婚就会被活活烧死。于是二人改头换面行走江湖，连亲生女儿小昭也不能养在身边。

从此，江湖上已经没有了紫衫龙王与韩千叶，取而代之的是金花婆婆与银叶先生。

她将圣处女的七彩宝石戒指传了给女儿小昭，命小昭混上光明顶，盗取乾坤大挪移心法。

她付出的代价是巨大的，可是，她心甘情愿。

很久以后，她女儿小昭，跟张无忌说："我年幼之时，便见妈妈日夜不安，心惊胆战，遮掩住她好好的容貌，化装成一个好丑样的老太婆。她又不许我跟她在一起，将我寄养在别人家里，隔一两年才来瞧我一次，这时候我才明白，她为什么敢冒大险，要和我爹爹成婚。公子，咱们今天若非这样，别说做教主，便是做全世界的女皇，我也不愿。"

爱情的甜蜜，足以让人为之粉身碎骨，所谓只羡鸳鸯不羡仙。那琴瑟和鸣、刻骨铭心的爱情，是世界上最为宝贵的情感体验。

直到波斯总教使者智慧王所揭下了金花婆婆的人皮面具时，她才露出了本来面目。刹那之间，金花婆婆变成了一个肤如凝脂、杏眼桃腮的美艳妇人，容光照人，端丽难言。

一瞬间，时光倒流。那个藏在岁月深处的绝代美人，终于在沉寂多年后又浮出水面。

遥想当年，光明顶上，碧水潭边，紫衣如花，长剑胜雪，不知倾倒了多少英雄豪杰。

赵 敏

愿我如星君如月，夜夜流光相皎洁

赵敏一出场就光彩照人。她男装打扮，像个英姿飒爽的公子。相貌俊美，双目黑白分明，炯炯有神。手中折扇白玉为柄，握着扇柄的手，白得和扇柄竟无分别。后来赵敏在绿柳山庄设计要对付张无忌和明教群豪，突然显现出女儿身，金庸这一次的描写更加精心更为动人："眼见她脸泛红霞，微带酒晕，容光更增丽色。"

向来美人，若非温雅秀美，便属娇艳姿媚，赵敏却是十分美丽之中，更带着三分英气，三分豪态，同时雍容华贵，令人不敢逼视。

她的出身也是不凡，身为汝阳王之女，手下皆为武林中最顶尖的高手。她足智多谋、精明能干，曾希望自己是个男人，期许自己能创一番大事业。这首咏倚天剑的《说剑》，很能反映她的心智与志向："白虹座上飞，青蛇匣中吼，杀杀霜在锋，团团月临纽。剑决天外龙，剑冲日中斗，剑破妖人腹，剑拂佞臣首。潜将辟魑魅，勿但惊妾妇。留斩泓下蛟，莫试街中狗。"

然而，在绿柳山庄见到张无忌之后，她悄悄爱上了他。刚烈倔强的女孩子，在爱情中要温柔起来的时候，也可以很温柔。

而温柔，亦是可以让男子如百炼钢一般，化为绕指柔。

她所做的事情都是为自己的喜好而来，当初是为了事业，后来是为了爱情，只要认定了心中所求，就算不计代价地，也要完成，所谓敢爱敢恨，就是她这样子吧。

她精明强干，智计百出。旗下招募了众多一流高手，并布下天罗地网，计划收服各大门派，亦计划收服明教。张无忌在智谋方面，万万不是她对手。仅送黑玉断续膏给武当二侠的事情，他就被她耍弄得束手无策，又哭又笑。如果不是她对他动了心的话，他只能是她手下败将。

她又是明艳妩媚的，极具女性魅力，令他对她情不自禁地心动。他在绿柳山庄地牢里出来，见她背影婀娜苗条，后颈中肌肤莹白胜玉，秀发蓬松，不由得微起怜惜之意。她为了免他疑心，便先尝酒，他接连喝了三杯她饮过的残酒，心神不禁有些异样，一抬头，只见她浅笑盈盈，酒气将她粉颊一蒸，更是娇艳万状，不可方物。他的手背碰到她柔滑的手掌心，心怦怦而动。他潜伏时见到她的一对踏在锦凳上的纤足，眼见这对脚脚掌纤美，踝骨浑圆，忍不住面红耳赤，心跳加剧。他受了她的戏耍奔出门来，只见她一人站在当地，脸带微笑，其时夕阳如血，斜映双颊，艳丽不可方物。

张无忌对赵敏心动了无数次。或许，这便是赵敏独具的性感之美吧。

张无忌与周芷若成亲的婚筵之上，赵敏赶来阻止。明教的光明右使范遥出言劝慰："郡主，世上不如意事十居八九，既已如此，也是勉强不来了。"

赵敏道："我偏要勉强。"

"偏要勉强"，赵敏的果断决绝，让人不由得为之震撼感动。而后来，她果然"勉强"成功了。

她曾对他说："无忌哥哥，我心中想的，可就只一个你。你是好人也罢，坏蛋也罢，对我都完全一样。"她从来就不矫揉造作："我是个奸诈恶毒的小妖女，声名是不在乎的，倒是性命要紧。"

灵蛇岛上，张无忌不敌波斯使者，赵敏手持倚天剑来救他，使出"玉碎昆冈""人鬼同途""天地同寿"三招两败俱伤、同归于尽的打法，一招比一招惨烈，不过为了他"情致缠绵的抱着殷姑娘"；见到张无忌与周芷若亲热，她"恨不得当时便死了，恨不得从来没生在这世上"。

他们本来是最不可能在一起的，他身边的人都认为她是诡计多端的小妖女，他身边又有那么多温柔美貌的好女子，谁知道她强烈而纯粹的爱情，终于渐渐得到了他的回应。她并不是一厢情愿，而是两情相悦。只是，她的智慧和勇气，让张无忌得以越来越清晰地明白自己真正爱的是谁。

在孤岛之上，周芷若提到赵敏时，张无忌寻思："当大伙儿同在小船中飘浮之时，我曾痴心妄想，同娶四美。其实我心中真正所爱，竟是那个无恶不作、阴毒狡猾的小妖女。我枉称英雄豪杰，心中却如此不分善恶，迷恋美色。"而待到真要和周芷若成婚之时，张无忌心中却一片迷惘，想起赵敏的盈盈笑语，种种动人之处，只觉若能娶赵敏为妻，长自和她相伴，那才是生平至福。

张无忌起初并不明白自己的内心，后来终于知晓了。而实际上，与小昭相处，张无忌更多的是像对妹妹，与殷离像是对朋友，与周芷若虽然有过婚约，也有过情侣般的亲密，但总是隐隐隔了一层，他在她面前从来不敢放松。只有对赵敏之时，他才有了对恋人的感觉，与她轻松玩笑，戏谑打闹，爱恨交织。

赵敏在阻止张周二人结婚之后，张无忌居然觉得"心里有些高兴"，觉得抱着赵敏在山中行走心中满是欢喜，希望"一直走下去"，而赵敏问他对自己和周芷若的感受时，张无忌说"对你是又爱又恨，对芷若是又敬又怕"。

同生共死，一起患难，张无忌对周芷若的温柔心思，渐渐全部移到了赵敏身上。

当周芷若追问张无忌，同舟四女，你到底喜欢哪一个？这个问题，他确实不止一次想起，但始终彷徨难决："这四位姑娘个个对我情深爱重，我如何自处才好？不论我和哪一个成亲，定会大伤其余三人之心。到底在我内心深处，我最爱的是哪一个呢？"

直至少林寺一战之后，赵敏失踪，他才发觉自己爱的终极归宿。他道："要是我这一生再不能见到赵姑娘，我是宁可死了的好。这样的心意，我以前对旁人从未有过。"他对周芷若说："芷若，我对你一向敬重，对殷家表妹心生感激，对小昭是意存怜惜，但对赵姑娘却是……却是铭心刻骨的相爱。"

这温厚的男子，终于明白自己的真心了。他放弃了整个天下，和赵敏携手隐居，每日给她画眉，远离了江湖，远离了政治，远离了喧嚣，从此日子平淡而又温馨。

这是赵敏雄心勃勃之时未曾想到过的另一种平淡结局，但是，这样的结局，她却是欢喜的。

周芷若

故人何在？烟水茫茫

她是汉家渔女，她的父亲是一名操舟的船夫。

彼时，她年龄尚幼，"那女孩约莫十岁左右，衣衫敝旧，赤着双足，虽是船家贫女，但容颜秀丽，十足是个绝色的美人胚子。"

她出身低微，人却秀美温婉，小小的一个女孩儿，待人接物竟然温柔熨帖，在汉水舟中喂重伤的张无忌吃饭，令张三丰对她好感大增，并引荐她进入峨嵋派，成为灭绝师太的弟子。

她的命运，从此在一夕之间，被彻底改变。

在峨嵋派的七八年间，周芷若勤奋刻苦，聪明伶俐，悟性奇高，很得灭绝师太的欢心，并被灭绝师太属意为峨嵋派掌门继承人。

不仅如此，周芷若当年的一饭之恩，让张无忌铭记了一辈子。幼时的情谊，最单纯，也最难忘。

在长大后，她第一次出现在他面前时，衣衫飘动，身法轻盈，曼妙无比。而容颜又清丽秀雅，有冰雪出尘之姿。

他不自禁地怦然心动。他静静看着雪地瞧着周芷若和丁敏君并排在雪地中留下的两行足印，心想："倘若丁敏君这行足印是我留下的，我得能和周姑娘并肩而行……"

她生得如此清丽脱俗，秀若芝兰，出场时常常便是淡淡青衣，长裙曳地，声音也是水击寒冰，风动碎玉，即使是轻颦薄怒，也楚楚动人。但实际上周芷若却并不是整个世界只有情郎的娇柔弱女，她是有野心的梦想家，而且聪明决断，又颇具有权谋家的智慧。

本性宽厚温良的张无忌喜欢的，也许是这一类型，与世无争，纯净平和。因此，他对"静女其姝"的周芷若一见钟情，敬爱怜惜，并希望能娶她为妻。

张无忌从来就不是个有野心的人。他虽然自小跟着父母在渺无人烟的冰火岛，但是父母对他疼爱有加，义父对他更是溺爱，回归中土之后，虽然横遭大变，但是武当山上的师祖师伯对他都是倍加爱护，就是在脾气古怪的胡青牛那里学医，他也备受重视。就连跌入山谷，也有小猴子引导他找到了武功秘籍《九阳真经》，他一直太顺利。

他的生命，从一开始就是明媚的，并不需要其他的权势和地位来证实自己。他后来虽然身为明教教主，但其实不过仍是心地仁善不得已而为之，时时都盼望着功成身退、平静生活的那一天。

而周芷若身如浮萍，从小贫苦，拜在峨眉派门下，师父脾气暴躁，师姐又嫉妒猜疑，她虽是低眉顺目，却是极深刻地感知世界的人情冷暖世态炎凉，心里对权力充满了渴望。

在这一点上，他和她永远无法达成一致。因此，他们无法真正走在一起。

而张无忌自己都不知道的是，少年时对她的美好印象完全影响了对她真实性情的判断，一厢情愿地认为她温柔和顺。直到后来，知道了她心机深沉，手段狠辣，却仍是对她心存怜惜。

后来周芷若连使计策假装无辜，终于使得张无忌和她有了婚姻之约。而在成婚之日，张无忌因牵心义父安危而随赵敏离去，周芷若素手裂红裳，断然与张无忌决裂，回到峨眉习练《九阴真经》，功力大进。后来屠狮大会上，张无忌念着旧情，处处相让，周芷若以九阴真经上的武功赢得"武功天下第一"的称号。而当周芷若被殷离吓到，伏在张无忌怀中，说道："无忌哥哥，是你么？"张无忌道："是我！你见到了什么？干么怕成这样？"他对她始终不忍苛责，语转温柔。

对于他来说，她永远是汉水之上的那个温柔美丽的小姑娘，虽然后来了解了她凶狠毒辣的一面，却始终不忍对她对她说半句重话。他对她的爱情虽然已经终止，往昔的情谊却还在。

金庸评价道，中国成功的政治领袖，第一个条件是"忍"，包括克制自己之忍、容人之忍，以及对付政敌的残忍。第二个条件是"决断明快"。第三是极强的权力欲。张无忌是缺乏政治领袖气质的，"周芷若和赵敏却都有政治才能"。

周芷若为了窥测独占屠龙刀与倚天剑的秘密，意图害死殷离，嫁祸赵敏，毒倒张无忌与谢逊。连张无忌都认为："这个周姑娘外表温柔斯文，但心计之工，行事之辣，丝毫不在赵敏之下。"

后来明教弟子韩林儿来到元朝之首府大都，当时正值皇帝游城，张无忌便动起行刺的念头，韩林儿拍手道："那时候啊，教主做了皇帝，周姑娘做了皇后娘娘，杨左使和彭大师便是左右丞相，那才教好呢！"周芷若双颊晕红，含羞低头，但眉梢眼角间显得不胜欢喜。但张无忌却严词拒绝，周芷若听他说得决绝，脸色微变，眼望窗外，不再言语。

赵敏出身高贵，她什么没见过，因此，虚名、金钱、地位对她来说，便如浮尘，她为了爱可以放弃一切，放弃事业，家庭和理想，只为追寻张无忌，而周芷若的心中，很多事情比爱情重要太多，她却不会为爱放弃自己的理想、立场，以及责任，她活得更为世俗而功利，但她在人格上是完全独立的。赵敏会为张无忌而活，而周芷若不会。她只会为自己而活。

因此，张无忌对周芷若的态度，是"一向敬重""又敬又怕"。

在张无忌选择了赵敏之后，周芷若对张无忌说："你只管和她做夫妻、生娃娃，过得十年八年，你心里就只会想着我，不舍得我了。"说着身形晃动，飘然远去，没入黑暗之中。

张无忌瞧着她远去的背影，心中一阵惘然。

周芷若冰雪聪明，她太了解人性，也太了解张无忌了。从来男子都是得不到的总是最好的。她知道有一天，在她飘然离去之后，在岁月深处，宽仁温厚又优柔寡断的张无忌仍然会怀恋和眷念她的。

相濡以沫，不如相忘于江湖。或许不会相忘，那么就留一丝相思于江湖之中吧。

小　昭

待浮花、浪蕊都尽，伴君幽独

　　她有传奇的身世，母亲是明教紫衫龙王黛绮丝，父亲是灵蛇岛岛主韩千叶。两人的婚姻是当年武林中最为浪漫的传奇。

　　她不是个真正的丫鬟，不过是甘愿接受丫鬟的地位，初时是为了打探秘密，在明教总部杨逍家中卧底，后来是为了接近张无忌，甘心当他身边的小丫头。她有她的骄傲和尊严，只是为了张无忌，她把自己坠入尘埃之中。

　　张无忌出手，从杨不悔剑下救了小昭，小昭为了感谢他，便带领张无忌进入了明教禁地，无意中获取《乾坤大挪移心法》，成就了张无忌的不世神功。

　　她容貌极美。张无忌初见小昭的真面目之时，脸上充满了惊讶之色，神色极是古怪，便微微一笑，道："你怎么啦？"张无忌叹了口气，道："原来你……你这样美？"

冰雪上反射过来的强光照在她的脸上，更显得她肤色晶莹，柔美如玉，他不禁赞叹："小昭，你好看得很啊。"

她双目湛湛有神，修眉端鼻，颊边微现梨涡，真是秀美，只是年纪幼小，身材尚未长成，虽然容色绝丽，却掩不住容颜中的稚气。她肤色奇白，鼻子较常女为高，眼睛中却隐隐有海水之蓝意。后来，张无忌答应让她跟随着自己时，只见朦朦胧胧的月光在她清丽秀美的小小脸庞上笼了一层轻纱，晶莹的泪水尚未擦去，海水般的眼波中已尽是欢笑。

张无忌微笑着对她道："小昭，你将来长大了，一定美得不得了。"

在张无忌初遇小昭时，那时的小昭装得又丑又瘸又驼背，但她在明教光明左使杨逍眼皮下潜伏居然达半年之久，而且还找到了明教秘道的入口。可见她心思之缜密。

在绿柳山庄明教群雄中毒后，张无忌找赵敏去讨取解药，蒙古军队奉赵敏之命对明教进行围攻。此时，明教首领都中了毒，无人号令，危急时刻，小昭挺身而出，有条不紊地指挥旗众。金庸是这样描写的："明教中一队白旗教众向东北方冲杀过去，一队黑旗教众兜至西南包抄。元兵分队抵敌，突然间黄旗的厚土旗、青旗的巨木旗教众从中间并肩杀出，犹似一条黄龙、一条青龙卷将出来。元兵阵脚被冲，一阵大乱，当即退后。"可见小昭还深谙八卦之术和战阵之道。

而小昭的性子也并不是一味和顺。赵敏问她身世，她毫不留情地回答"家父埋名隐姓，何劳郡主动问？难道你想削我几根指头，逼问我的武功么"，言语中便有着骄傲与霸气。她毕竟是紫衫龙王的女儿。

而赵敏看到小昭鬓边插着一朵珠花，正是自己送给张无忌的那朵，不禁大恼，又见小昭明眸皓齿，桃笑李妍，年纪虽稚，却出落得犹如晓露芙蓉，甚是惹人怜爱。

而她甘愿只做他身边一个小小丫鬟。每天能瞧见他，这样就很开心。"因为我决不愿做波斯明教的教主，我只盼做你的小丫头，一生一世服侍你，永远不离开你。"就算做全天下的女王，也比不上做你身边能感知你温度和微笑的小小丫头。

她对他钟情极深。有一次，张无忌办事回来，小昭正坐在窗边，手中做着针线，见他进房，一怔之下，才认了他出来，满脸欢容，如春花之初绽。

连赵敏微笑着取笑她："好美丽的小姑娘。你教主定是欢喜你得紧了。"她虽然聪明伶俐，却也禁不住脸上一红，眼中闪耀着喜悦的光芒。

而她爱上的男子，是金庸书中极特别的一个，心地纯良，温和博学，却是优柔寡断，自己也分不清自己爱的是谁。四女同舟之时，只觉四个姑娘各有各的好。他脑海中浮现出小昭娇媚可爱的模样，跟着是周芷若清丽灵秀的容颜，蛛儿腰身纤细的背影，甚至赵敏那薄怒浅笑的神情也出现了。

金庸在《倚天屠龙记》后记中写道："张无忌对感情之事始终拖泥带水，对于周芷若、赵敏、殷离、小昭这四个姑娘，似乎他对赵敏爱得最深，最后对周芷若也这般说了，但在他内心深处，到底爱哪一个姑娘更加多些？恐怕他自己也不知道。作者也不知道，既然他的个性已写成了这样子，一切发展全得凭他的性格而定，作者也无法干预了。周芷若和赵敏却都有政治才能，因此这两个姑娘虽然美丽，却不可爱。我自己心中，最爱小昭。只可惜不能让她跟张无忌在一起，想起来常常有些惆怅。"

那时初识，在光明顶上秘道之中，出口被成昆堵死，张无忌无法脱身，小昭为了宽解他，便唱起了一首小曲："世情推物理，人生贵适意，想人间造物搬兴废。吉藏凶，凶藏吉。富贵哪能长富贵？日盈昃，月满亏蚀。地下东南，天高西北，天地尚无完体。展放愁眉，休争闲气。今日容颜，老于昨日。古往今来，尽须如此，管他贤的愚的，贫的和富的。到头这一身，难逃那一日。受用了一朝，一朝便宜。百岁光阴，七十者稀。急急流年，滔滔逝水。"

后来，在茫茫大海的小舟之上，张无忌又听到了殷离睡梦中唱这首曲子，不由得向小昭望去。月光下只见小昭正痴痴地瞧着自己。

也许，他这时忽然懂得了小姑娘对他的柔情缱绻。只是，小昭不仅机智，更有智慧。她心思灵透，洞悉命运，知道什么是注定不属于自己的，什么是个人意愿所无法改变的。她只是会静静珍惜相处的分秒时光。她唱着的这首小曲，深含人生哲理。

她来得安静，走得从容。从未有过半点纠结和挣扎，她很清楚地知道自己的命运，以及方向。小昭从未奢望自己能跟张无忌在一起，她只是眷念分分秒秒在一起的时光。而这一天，终于到来。

送别之际，张无忌站在海边，但见小昭悄立船头，怔怔向张无忌的座船望着。两人之间的海面越拉越广，终于小昭的座舰成为一个黑点，终于海上一片漆黑，长风掠帆，犹带呜咽之声。

小舟从此逝，江海寄余生。

从此，她是波斯总教的圣教主，高高在上，号令群雄，莫敢不从。

而他再也见不到她了……

殷 离

不见去年人，泪满春衫袖

　　她永远活在自己的想象中，活在与小张无忌的初次邂逅中。

　　初遇时，她是金花婆婆身边清秀美丽的小姑娘。她想带他去灵蛇岛疗伤，其实是好意，他却不领情。她擒住他的手臂，他为了挣脱她，毫不留情地在她手背上狠狠咬了一口。

　　金花婆婆带她飘然远去，她回头还在喊着："张无忌，张无忌！"

　　谁知道，她居然这样喜欢上了他，而且默默地爱了那么多年。

　　再遇时，她已不认得那位英俊少年曾阿牛，就是自己用整个少女时代安安静静想念的一个人。

　　而彼时她已经完全变了模样。张无忌凝目看时，见是个十七八岁的少女，荆钗布裙，像个乡村贫女，面容黝黑，脸上肌肤浮肿，凹凹凸凸，生得极其丑陋，只是一对眸子颇有神采，身材也是苗条纤秀。

她其实本是个绝色美女。虽然容貌已毁，但语音娇柔，举止轻盈。美女之美，不仅在于容貌，更在于其风姿。在与张无忌谈笑之时，殷离弯过中指，用指节轻轻在他额头上敲了两下，笑道："乖儿子，那你叫我妈罢！"说了这两句话，登时觉得不雅，按住了口转过头去，可是仍旧忍不住笑出声来。

张无忌瞧她这副神情，依稀记得在冰火岛上之时，妈妈跟爸爸说笑，活脱也是这个模样，霎时间只觉这丑女清雅妩媚，风致嫣然，一点也不丑了，怔怔地望着她，不由得痴了。

在她在雪地里带着他走时，张无忌但见她身形微晃，宛似晓风中一朵荷叶，背影婀娜，姿态美妙，拖着雪橇，一阵风般掠过雪地。美人的确是动态的。连张无忌忍不住喃喃自语："你生得好看，我喜欢看你。"

而她体贴细心，在烤了两只雪鸡之后，两人分食，她还省了两只鸡腿给他。她告诉他她对那个昔日在蝴蝶谷邂逅的小张无忌的深情无限。张无忌完全想不到，她虽然外表凶巴巴的，内心竟蕴藏如此柔情。

她凄苦之际，要向他托付终身。张无忌只是微微一犹豫，便答应了。此时，在茫茫人海中，他们是相互温暖着的两个人。

张无忌见她欢喜之极，也自欣慰，握着她一双小手，只觉柔腻滑嫩，温软如绵，说道："我要让你平安喜乐，忘了从前的苦楚，不论有多少人欺侮你，跟你为难，我宁可自己性命不要，也要保护你周全。"

她与张无忌在日渐的相处中培养出相依为命的感情，这份感情类似亲情般温馨，却不完全同于亲情。二人同是天涯沦落人，相互慰藉相互取暖，暂时忘掉了自己内心深处的伤痛。她对狠心的小无忌固然魂牵梦萦，但对化名"曾阿牛"的长大了的无忌也是十分关怀感激。

而后来，在经历诸多波折之后，殷离容颜恢复如昔，也得知了许诺她一生的曾阿牛便是她曾经心心念念的张无忌。

而她的反应，却大出乎众人意料之外。

殷离笑道："……我一心一意只喜欢一个人，那是蝴蝶谷中咬伤我手背的小张无忌。眼前这个丑八怪啊，他叫曾阿牛也好，叫张无忌也好，我一点也不喜欢。"她转过头来，柔声道："阿牛哥哥，你一直待我很好，我好生感激。可是我的心，早就许了给那个狠心的、凶恶的小张无忌了。你不是他，不，不是他……"

张无忌陡地领会，原来她真正所爱的，乃是她心中所想象的张无忌，是她记忆中在蝴蝶谷所遇上的张无忌，那个打她咬她、倔强凶狠的张无忌，却不是眼前这个真正的张无忌，不是这个长大了的、待人仁恕宽厚的张无忌。

他心中三分伤感、三分留恋、又有三分宽慰，望着她的背影消失在黑暗之中。他知道殷离这一生，永远会记着蝴蝶谷中那个一身狠劲的少年，她是要去找寻他。她自然找不到，但也可以说，她早已寻到了，因为那个少年早就藏在她的心底。

真正的人、真正的事，往往不及心中所想的那么好。阿离拒绝现实，她明白，她喜欢的，就是那个想象中的少年。

蝴蝶谷，那里繁花似锦，四季如春。

她站在花卉中，静静想着那个在时光中远走的少年，唇角微漾一丝笑容。

她一直活在自己想象中。是梦境还是现实，也已无法分辨。

而实际上，阿离姑娘遥远的初恋呵，早已湮没在现实之中。

月光渐渐浮了上来，少女蓝色的剪影，美丽且凄凉。

岳灵珊

青梅如豆柳如眉，日长蝴蝶飞

最初，她是他的小师妹，是他青梅竹马的小女孩。

小师妹是个平凡简单的少女，就像邻家女孩一般，亲近可人。单纯的人总是招人喜欢的，让人觉得如沐春风。小师妹没有野心，娇俏灵动，一张秀丽的瓜子脸蛋，一双黑白分明的眼睛，是每个男孩子都能放在心上的温暖念想。

在华山学剑的少年时光，是令狐冲一生中的好日子，他眼里心里，都是这个娇俏可人的小师妹，而日日相对的，也是小师妹。岁月那么长，阳光那么暖，一抬头便是天明云净，一寸寸都是甜蜜欢喜。

她与他在华山的瀑布下练剑，飞花溅玉，回风流雪中，两人借着瀑布水力的激荡，施展剑招，练成一套独属于她与他的"冲灵剑法"。这剑法，有他的名字，也有她的名字。他们练了几千遍，一遍又一遍地在瀑布中练着最后一招"同生共死"，终于，他的剑尖急速刺出，不偏不倚，正对上了她的剑尖。她欢喜地叫道，大师哥，剑法成啦！

彼时，她站在飞瀑旁，皓腕持剑，衣袂飘飘，而眼神灵动，唇角含笑，仿佛一朵溅满了水珠的小红花，光彩照人。他一抬头，不由得痴了。

那剑法虽然青涩简单，平平无奇，却是他一生中最得意的作品，尽管后来，他成了名满天下的剑客，是独孤九剑的唯一传人，但他心上真正放着的，却只记着这幼稚的冲灵剑法。因为，这剑法，有她的参与。

华山的夜晚，两人一起乘凉，看到天上星星灿烂，她忽然说，可惜过一会儿，便要去睡了，真想睡在露天，半夜里醒来，见到满天星星都在向我眨眼，那多有趣。

不过小女孩儿的异想天开，随口说的一句话儿，他却暗暗留了心，竟然费尽心思捉了几千只萤火虫儿，细细装在十几只纱囊之中，拿来挂在她帐子里。于是，到了夜里，满床晶光闪烁，她像是睡在天上云端里，一睁眼，前后左右都是星星。

男生在初恋上一个女孩之时，恨不得把整个世界都如一颗小小的果子一般放在她的手心，只要她眼神明亮笑容晶莹。

便如冯延巳笔下清新明丽的《醉桃源》："南园春半踏青时，风和闻马嘶。青梅如豆柳如眉，日长蝴蝶飞。"一对青梅竹马，趁着风和日丽，骑着马在南园踏春。青青的梅子刚刚结出，小如青豆。而少女的双眉细长，如同柳叶。阳光正好，蝴蝶在花丛里飞来飞去，朦胧美好的情愫在其中悄悄萌发着。初恋时少女的明净双眸，一弯秀眉，从此深留心底。不管时光如何变迁，初见时的美好永远不变。那清澈的笑容，糅合着那日的清新草香、明亮阳光、和煦春风一起沉淀成记忆中永恒的美好，再也不会淡去。

但令狐冲始于青梅竹马的喜欢，后来渐渐在时光中沉淀成了爱，而小师妹的喜欢，却永远止步喜欢。他对她已经情根深种，而她的一缕柔情，却系在了沉默内敛的林平之身上。

令狐冲被罚在思过崖上面壁思过一年，她不顾路途艰难，几乎天天去看望令狐冲。自此每日黄昏，岳灵珊送饭上崖，两人共膳，他也不觉面壁之苦，只觉快慰。后来她受了风寒，好些日子没有上山。再上得山来，说来说去，都是小林子。令狐冲心中酸楚不已。就是这段他没有在她身边的日子，另一个少年，走进了她的心。

他目送着她下山，直到她转过山坳。突然之间，山坳后面飘上来小师妹清亮的歌声，曲调甚是轻快流畅。令狐冲和她自幼一块儿长大，曾无数次听她唱歌，但她过去所唱都是陕西小曲，尾音吐得长长的，在山谷间悠然摇曳，但她这次冲口唱出的是福建山歌，犹似珠转水溅，字字清圆。他怔了半天，忽然醒悟，那是林平之家乡的小曲。

令狐冲胸口忽如受了铁锤的重重一击，从这一刻开始，他知道，他失恋了。

可是他心底总存留着熹微的希望。他后来际遇无比丰富精彩，与向问天结为兄弟，与群雄攻打少林寺，当上了恒山派的掌门人，被魔教圣姑任盈盈芳心暗许……但是，他从来没有忘记过她。

他受了重伤，与小尼姑仪琳在一起时，看到瀑布，就想起了他的小师妹。他重伤之下，强撑着一定要到瀑布旁来，不是为了观赏风景，而是在想念他的小师妹。他被关进西湖地牢，万念俱灰之时，想起的，是小师妹，在他无意中练成一身高强武功，率领群豪攻打少林寺时，那样熙熙攘攘的环境中，他想起的，还是小师妹。

他心里，始终怀念着，和她一起在华山上看星星，一起在飞瀑中练剑的时光，那才是他一生中所真正眷恋的时光，想起来便温暖，令唇角不自禁地上弯的时光。

直到嵩山封禅台上，一个俊俏的少妇越众而出，长裙拂地，衣带飘风，鬓边插着一朵小小红花，正是岳灵珊。这时，令狐冲才知道，他最心爱的小师妹已经嫁给了林平之。

在群雄面前，他的眼中只有她。数千名江湖好汉，淡化成了一棵棵树木，苍穹之下，便只一个他刻骨相思、倾心而恋的意中人。在她受了父亲责打时，只有他注意到了她弯腰拾剑时落下的泪水。他心里只有一个念头，要哄得她破涕为笑，就像很多年前，他们年少时，在华山玉女峰一样。

就这样，少年时自创的冲灵剑法，终于出现在这顶级的武林盛会之中。他沉醉在往日时光中，为了哄她一笑，电光火石间，不惜凑到剑尖之上，身受重创。而他心中记挂的，还是她笑了没有。潇洒不羁的令狐冲，在小师妹面前，真是痴到了极处。

小师妹对大师兄心存愧疚感激，却一心一意地爱着林平之，从头到尾，她都明白自己爱的是谁。直到生命的最后一刻，她仍然把林平之托付给了令狐冲，还轻轻唱起了福建山歌。令狐冲伤心欲绝，终于明白，她喜欢的男子，要像她爹爹那样端庄严肃，沉默寡言。在她心里，他只是她的游伴。他深深地爱了她，但她深深爱着的人，是另一个少年。尽管为此，她付出了巨大的代价，但是，到死她都没有后悔过。

当小师妹在他怀中闭目逝去的时候，令狐冲完全忘记了背后的剑伤，他咬紧牙关抱起小师妹一步步向前走着。他要带她回华山去，回到那些无忧无虑的日子里，回到那些在飞瀑下天天对练冲灵剑法的岁月中去。

大师哥，小师妹，那些未曾出口的话语，那些懵懂天真的岁月，那些无忧无虑的年华，从此渐渐湮灭在时间的尘埃中。

只有那些明明灭灭的片段，永远闪烁在他的心中。她永远是他心中最温柔的一隅，她是永远明眸如水绿鬓如云的娇憨动人的小师妹。

尽管盈盈那么美丽，那么爱他，但是在令狐冲心里，小师妹就是小师妹，无可取代。他的心仿佛是一个老宅子，住着那青梅的旧人。她永远暖在他心里最柔软的地方。

时光的远走中，也许会忘却许多，唯独越发清晰的，是年少好时光中她眉眼中的笑意，唇角的漩涡……

任盈盈

盈盈一水间，脉脉不得语

在令狐冲处于最低谷之时，放眼望去，一片晦暗，除了师娘，没有人再真心关怀他。挚爱的师妹岳灵珊的所有心思都放在了林平之身上，而平素里最要好的师弟陆大有也永远逝去。

在这一片晦暗之中，令狐冲似乎已经生无可恋，在洛阳王家之时，他便每日以酒浇愁。却没想到，在这里，他会无意中邂逅一个那样美好的人，点亮了他后来的生命。

盈盈出现了。她爱他，也包容他心中对于初恋的爱。令狐冲对岳灵珊爱得深沉，是永远也不会忘记的。盈盈理解并包容。她让令狐冲更懂得珍惜现在。令狐冲是一个向往自由的人，而盈盈也充分理解他这种向往自由的心。她自己，本来就是一个向往自由的人。

数去更无君傲世，看来唯有我知音。盈盈对令狐冲来说，就是一个知音吧。琴箫合奏，也只有心意相通的人才能做到。

最初，她是隐居在洛阳城绿竹巷的任大小姐。魔教前教主女儿，黑木崖圣姑，身怀绝技，武功高强，却只爱弹琴吹箫，只愿远离江湖纷争的清净之地。

她所居住的那条巷子，巷子尽头，好大一片绿竹丛，迎风摇曳，雅致天然。小巷中一片清凉宁静，和外面的洛阳城宛然是两个世界。偶然间风动竹叶，发出沙沙之声。

谁知道这里隐居着的，是江湖中闻名丧胆的人物呢？虽然只是十七八岁的姑娘，但江湖上成千成万桀骜不驯的豪客，都对她又敬又畏，又甘心为她赴汤蹈火。

令狐冲的到来，本是只为了验证《笑傲江湖》曲谱的真假。绿竹翁都无法弹奏。但盈盈琴技箫音通神，竟然举重若轻、毫不费力地演奏了这一绝妙之曲。

她初时所奏和绿竹翁相同，到后来越转越高，那琴韵竟然履险如夷，举重若轻，毫不费力的便转了上去。

这一曲时而慷慨激昂，时而温柔雅致。奏了良久，琴韵渐缓，似乎乐音在不住远去，倒像奏琴之人走出了数十丈之遥，又走到数里之外，细微几不可再闻。琴音似止未止之际，却有一二下极低极细的箫声在琴音旁响了起来。回旋婉转，箫声渐响，恰似吹箫人一面吹，一面慢慢走近，箫声清丽，忽高忽低，忽轻忽响，低到极处之际，几个盘旋之后，又再低沉下去，虽极低极细，但每个音节仍清晰可闻。渐渐低音中偶有珠玉跳跃，清脆短促，此伏彼起，繁音渐增，先如鸣泉飞溅，继而如群卉争艳，花团锦簇，更夹着间关鸟语，彼鸣我和，渐渐的百鸟离去，春残花落，但闻雨声萧萧，一片凄凉肃杀之象，细雨绵绵，若有若无，终于万籁俱寂。

音乐停顿良久，众人这才如梦初醒。不懂音律的人都忍不住心驰神醉。

一行人去后，独留令狐冲待在原地。小巷中，悄无声息，偶然间风动竹叶，发出沙沙之声。

绿竹翁领着令狐冲走进小舍，见桌椅几榻，无一而非竹制，墙上悬着一幅墨竹，笔势纵横，墨迹淋漓，颇有森森之意。桌上放着一具瑶琴，一管洞箫。

从未料到，与君初相识，犹似故人归。他在竹帘外对着"婆婆"倾诉心中的烦忧，万没料到，竹帘里的姑娘，会沉迷于他对初恋小女孩的一往情深。

情不知所以，一往而深。

她传授给他《清心普善咒》，曲调却是柔和之至，宛如一人轻轻叹息，又似是朝露暗润花瓣，晓风低拂柳梢。令狐冲在她的指导之下，慢慢学会了弹琴。

后来，令狐冲无意中在溪水中看到盈盈的面容倒影，容貌秀丽绝伦，不过十七八岁年纪，他犹似身入梦境，看到清溪中秀美的容颜，恰又似如在仙境中一般。

这是他们真正意义上的第一次见面。令狐冲这才知道，原来，这年老慈和的婆婆，竟是个妙龄少女。

他们在溪旁烤着青蛙，令狐冲插科打诨，两人言笑晏晏。星月微光照映之下，盈盈雪白的脸庞似乎发射出柔和的光芒，令狐冲心中一动，可是想起的，还是小师妹。

盈盈虽然身份高贵，号令群雄，究竟也只是个小姑娘，还是个腼腆的小姑娘。她明明爱极了令狐冲，却又因为害羞，不愿在众人面前承认，不免欲盖弥彰。那低头的温柔，亦是盈盈的动人之处。

她知道他心中有个小师妹，她知道他对自己尚未钟情，但是她等待着，等着两情相悦、水到渠成的甜美爱情。盈盈胸中有大情怀，自然不是小师妹一般平凡的小姑娘。她是骄傲的，她不会乞求爱情，更不屑放低自己。

少林寺中，任我行怕令狐冲顾及师门之情而故意败给岳不群，他向盈盈低声道："你到对面去。"盈盈明白父亲的意思，他叫自己到对面去，是要令狐冲见到自己之后，想到自己待他的情意，便会出力取胜。她却一动不动。她心中在想："我待你如何，你早已知道。你如以我为重，决意救我下山，你自会取胜。你如以师父为重，我便是拉住你衣袖哀哀求告，也是无用。我何必站到你的面前来提醒你？"她深觉两情相悦，贵乎自然，倘要自己有所示意之后，令狐冲再为自己打算，那可无味之极了。

她只是默默陪伴他。在他危难之际，她总是站在他身边，而她遇险之时，他也会不顾一切站在她身边。此时，他对她，感激和知己之意大大超过爱情的成分，甚至还没有爱情。

后来，她为了他舍身上少林，他为了她率领群雄攻打少林，她助他登上恒山派掌门，他为她攻击魔教教主东方不败……他们的故事，在江湖中流转，他们的感情，也开始在并肩携手的江湖闯荡中渐渐沉淀并深沉起来。

五岳剑派之战，为了让小师妹展颜一笑，令狐冲心甘情愿地身受重伤。令狐冲重伤之后，盈盈亲自去追赶林平之和岳灵珊。

黑夜之中，但听得骡子的四只蹄子打在官道之上，清脆悦耳。令狐冲向外望去，月色如水，泻在一条又宽又直的官道上，轻烟薄雾，笼罩在道旁树梢，骡车缓缓驶入雾中，远处景物便看不分明，盈盈的背脊也裹在一层薄雾之中。其时正当初春，野花香气忽浓忽淡，微风拂面，说不出的欢畅。令狐冲久未饮酒，此刻情怀，却正如微醺薄醉一般。

她不再催赶骡子，大车行得渐渐慢了，行了一程，转了个弯，来到一座大湖之畔。湖旁都是垂柳，圆圆的月影倒映湖中，湖面水波微动，银光闪闪。两人并肩坐在车中，望着湖水。令狐冲伸过右手，按在盈盈左手的手背上。盈盈的手微微一颤，却不缩回。令狐冲心想："若得永远如此，不再见到武林中的腥风血雨，便是叫我做神仙，也没这般快活。"

盈盈道："你在想什么？"令狐冲将适才心中所想说了出来。盈盈反转左手，握住了他右手，说道："冲哥，我真是快活。"令狐冲道："我也是一样。"

这是金庸书中写得最温柔旖旎的文字，满心缱绻甜蜜，低低徘徊，淡淡的欣喜，襟怀通透，灵台清澈。她爱他，从没有这样坚定地温柔过。

她极有生活情趣，而同时又温柔美丽，宽厚包容，更重要的是，她深具智慧。她知道怎样才能获得幸福。金庸在后记中才说"她生命中只重视个人的自由，个性的舒展。唯一重要的只是爱情"。

金庸在笑傲江湖原著的后记里写了这段话："令狐冲当情意紧缠在岳灵珊身上之时，是不得自由的。只有到了青纱帐外的大路上，他和盈盈同处大车之中，对岳灵珊的痴情终于消失了，他才得到心灵上的解脱。"

很多女孩子不愿做任盈盈，无法容忍情郎心中曾经有过那样刻骨铭心的初恋情节。而任盈盈什么样的男子没见过，令狐冲的旷达宽厚与至情至性深深打动了她，她仿佛是第一次发现，在黑暗如磐的世间，居然有这样温暖仁厚的男子。在他身边，她只觉安心，只觉甜蜜，全心全意地信任与欢喜。

令狐冲曾经对盈盈说道："盈盈，你不妨担心别人，却决计不必为我担心。我生就一副浪子性格，永不会装模作样。就算我狂妄自大，在你面前，永远永远就像今天这样。"令狐冲还对盈盈说过："在这世上，我只有你一人，倘若你我之间也生了什么嫌隙，那做人还有什么意味？"

她是懂得爱的人，正如纪伯伦所说的，真爱与疑忌永无交集。既然爱他，便信任他，回护他，等待他，与他并肩携手，一同迎接那前路的风霜。

任盈盈和令狐冲，更多的是灵魂上的吸引。她懂令狐冲，真正地爱他。

她包容他，也包容他心底那一处纯净的温柔。她爱他，也懂他。

令狐冲深爱小师妹，她并不是不知道，而且她的心动，也是源自于他的深情。当日在小巷内，她在帘后手拂琴弦，而少女的心弦，也在轻轻拨动。

琴箫合奏，世上哪里找这一人？

所幸，她找到了。

他们成婚那日，令狐冲转过身来，轻轻揭开罩在盈盈脸上的霞帔。盈盈嫣然一笑，红烛照映之下，当真是人美如玉。

从此琴箫合奏，笑傲江湖。

仪 琳

难将心事和人说，说与青天明月知

　　她清秀绝俗，容色照人，实是一个绝丽的美人。出场时，她还只十六七岁年纪，身形婀娜，虽裹在一袭宽大缁衣之中，仍掩不住窈窕婷婷之态。

　　而她的性格更是非常可爱，天然呆萌。在《笑傲江湖》里，恒山派是很特别的一个群体。师父慈爱，气概更胜须眉。弟子恭顺，同门之间和谐友爱。在这里不沾尘俗，不染纤尘，仪琳的性子得到了最好的保护，整个人就如同浑金璞玉一般。

　　田伯光本来有时间和机会轻薄仪琳，虽是当初意欲不轨，却终未动犯。有人认为，"世上的确有一种这样的美女，美得叫男人可以欲念全消，只想如何去呵护她，去爱她，不怀有任何目的去为她做任何事。"仪琳便是这样的女子。

　　令狐冲也是如此，他虽然不能给她爱情，但是他心底愿意尽最大努力去保护她。在他装扮成军官暗中保护恒山派时，见到仪琳一双大眼，清澄明澈，犹如两泓清泉，一张俏脸在月光下秀丽绝俗，更没半分人间烟火气。他不由得想起那日为了逃避青城派的追击，她在衡山城中将自己抱出来，自己也曾这般怔怔地凝视过她，突然间心底升起一股柔情，心想："这高坡之上，伏得有强仇大敌想要害她。我便性命不在，也要保护她平安周全。"

令狐冲重伤之余，还一直迷迷糊糊地看着小师妹岳灵珊和别人比武。这时候，他听到了仪琳替他祈祷诵经的声音，他心里不由得涌现出一片柔情。他知道是她。

仪琳知道感情不可勉强，于是就把所有的爱都放在心底，她为情所困，容颜越来越憔悴，就只好不时向她以为是又聋又哑的"哑婆婆"倾吐心事。

令狐冲扮成哑婆婆，而仪琳不知，仍在月下对他倾诉衷肠。她在他面前，轻轻地呼唤了三声"令狐大哥"，声音里柔情无限。令狐冲从未想到她会对他如此痴情，却又不愿打搅了他。

这样洁净温柔的痴情，让他不由得动容。

而这哑婆婆其实是仪琳的母亲，她决定成全仪琳的心愿。于是，掳来令狐冲，强迫他答应娶仪琳，又掳来任盈盈作为要挟他的方法，然后，她把仪琳领来，告诉她令狐冲其实是爱她的。

但是仪琳不信，她说："你不用哄我。我初识得他时，令狐大哥只爱他小师妹一人，后来他小师妹嫁了人，他就只爱任大小姐一人。"她又说，一个人真正爱上另一个人，是不会想第二个的，她说，她一心只盼令狐冲心中欢喜，此外别无他念。然后，也不管那婆婆怎样，便自己去了。

她不仅爱令狐冲，她也完全懂得他。她说，"从今而后，我只求菩萨保佑令狐大哥一世快乐逍遥。他最喜欢快乐逍遥，无拘无束，但盼任大小姐将来不要管着他才好……"

　　金庸在《笑傲江湖》后记写："盈盈的爱情得到圆满，她是心满意足的，令狐冲的自由却又被锁住了。或许，只有在仪琳的片面爱情之中，他的个性才极少受到拘束。"

　　但仪琳从一开始知道令狐冲喜欢岳灵珊的时候，就把爱情放到了心底的最深处。她再未想过会和他在一起，她在渐渐放下他，把那段爱情沉淀成心底的一颗闪烁微光的琥珀，然后再去寻找全新的天地。

　　她是这么纯洁而又温柔的一个人，她暗自恋慕上一个人的时候，也是无比安静而美好的。

　　她并非不知人间险恶，在江湖中奔走，她见得太多。但她却仍然保留着单纯的初心。

丁　当
相寻梦里路，飞雨落花中

石破天莫名其妙地被当成长乐帮帮主后，有个瓜子脸儿、淡绿衣衫的少女晚上来找他。

他听得窗格上得得得响了三下。石破天睁开眼来，只见窗格缓缓推起，一只纤纤素手伸了进来，向他招了两下，依稀看到皓腕尽处的淡绿衣袖。

他跟着她越墙而过，眼前出现了一张清丽白腻的脸庞，小嘴边带着俏皮的微笑，月光照射在她明澈的眼睛之中，宛然便是两点明星，鼻中闻到那少女身上发出的香气，不由得心中一荡。

他虽不懂男女之事，但一个二十岁的青年，就算再傻，此情此景下，对一个美丽的少女自然而然会起爱慕之心。

那少女止步回身，右手拉住了他的左手，笑靥如花，说道："好啦，你定要扯足了顺风旗才肯罢休，我便依了你。我姓丁名当，你一直便叫我'叮叮当当'。你记起来了吗？"

叮叮当当，名字相当有趣。而她也是一个很有趣的少女，带几分邪气，总有那么一种特别的魅力。

也不知奔出了多少路，只见眼前水光浮动，已到了河边，丁当拉着他手，轻轻一纵，跃上泊在河边的一艘小船船头。月光照射河上，在河心映出个缺了一半的月亮。丁当的竹篙在河中一点，河中的月亮便碎了，化成一道道的银光，小船向前荡了出去。

石破天见两岸都是杨柳，远远望出去才有疏疏落落的几家人家，夜深人静，只觉一阵阵淡淡香气不住送来，是岸上的花香？还是丁当身上的芬芳？小船在河中转了几个弯，进了一条小港，来到一座石桥之下，丁当将小船缆索系在桥旁杨柳枝上。水畔杨柳茂密，将一座小桥几乎遮满了，月亮从柳枝的缝隙中透进少许，小船停在桥下，真像是间天然的小屋一般。

丁当钻入船舱取出一张草席，放在船头，又取两副杯筷，一把酒壶，再取几盘花生、蚕豆、干肉，放在石破天面前。

此情此景，石破天不饮酒也都醉了。

丁当无疑是很会享受生活，很有情趣的女孩子。她不受任何俗世规矩束缚，夜会情郎，私订终身，偷爷爷的酒喝，随心所欲，我行我素。

丁当一直在寻找心上人石中玉，"一张嘴可比蜜糖儿还甜，千伶百俐，有说有笑，哄得我好不欢喜"，当找到石破天之后，以为他就是石中玉，便当机立断要和他成亲，费尽苦心要救他性命。

而知道石破天不是石中玉时，她便马上放弃了他。倒是石破天难舍难分，心中一直牵挂着她，要惩罚石中玉时，还怕伤了丁当的心。

自始至终，她都明白自己喜欢谁。

丁当也很像黄蓉，古灵精怪，敢爱敢恨，俏皮可爱，她和石破天的组合，与黄蓉与郭靖一样，都是小妖女和傻小子的组合，小妖女机灵敏慧，傻小子忠厚老实。但在《侠客行》中，小妖女丁当爱的却不是傻小子石破天，而是欧阳克一样风流邪气的石中玉。因此，结局也就很不一样。

爷爷丁不三反对她的恋情，她想尽办法让爷爷接受情郎。在谢烟客带走石中玉之时，只有她还挂念着他的安危，飞奔追去。她从未在乎过别人的眼光。

人生苦短，小妖女没有顾忌太多世俗的束缚，只想追求自己喜欢的东西，做自己想做的事情。快意恩仇，潇洒江湖。这是小妖女个性中的迷人之处吧。

梅芳姑

花满市，月侵衣，少年情事老来悲

　　和闵柔相比，梅芳姑武功高、文采好、针线巧、烹饪精，培养出了一个天性淳朴、厨艺和人品同样出众的石破天。少年石破天的种种表现，都表现出梅芳姑不同凡响的一面。

　　可是石清对她从来"没半分好颜色"。太聪明美丽又太有个性的女子，总会让不那么自信的男人望而却步。石清选择了样样都不如她的闵柔。爱情这事，本无对错。只因他喜欢了她，连带也喜欢了她的笨拙与怯弱。

　　到最后，二十多年过去了，石清、闵柔寻仇终于寻到梅芳姑，她依旧心怀不忿，不明何以当年输给情敌闵柔。

　　她质问石清当年她的容貌，与闵柔相比谁美，石清道："内子一不会补衣，二不会裁衫，连炒鸡蛋也炒不好，如何及得上你千伶百俐的手段？"梅芳姑厉声问，既然如此，为什么石清偏偏不喜欢她？

石清说："梅姑娘，你样样比我闵师妹强，不但比她强，比我也强。我和你在一起，自惭形秽，配不上你。"

其实或许答案梅芳姑一早就猜到了，但她仍是不甘心，从他口中——逼问出来，最后只落得自己难堪，以至于心如死灰，自杀身亡。

石清要的，只是一个最平凡的女子，有着平凡女子耐看的容颜，温柔的性情，不用有什么个性和才能。作为不出众的男子，他并没有太多的自信，自信到可以接受比自己强很多的女子。

石清不爱梅芳姑，错本不在梅芳姑，不是她不够好，但她却因爱生恨，最终毁了他也毁了自己。她在执念中无法自拔，让一个庸庸碌碌的石清给毁了一生。

从另一个角度来看，如果她不那么强势，不那么执着，也许结局会很不一样。但梅芳姑凶悍泼辣，令人生惧。她有着太强烈的占有欲，得不到意中人便自毁容貌，夺人儿子。最后愤而自杀，实在太可怕。

相比之下，她不如闵柔温柔，亦不如闵柔善良。闵柔误会石破天是石清和梅芳姑的孩儿之时，她不过是弯下腰去，将手中长剑放在地下，道："你们三人团圆相聚，我……我要去了。"说着转过身去，缓缓走开。她也并未偏执或暴怒。

一个心理健全的人，在不能得到爱情之时，会及时调整自己，而不是一味地纠缠与纠结。而梅芳姑不是，因此，她最终，也没能从纠结中走出来。

闵　柔

得成比目何辞死，愿作鸳鸯不羡仙

　　闵柔人如其名，就是一个"柔"字，温柔斯文。她和夫君石清的组合，也是金庸书中的最佳组合之一了。两人既是同门师兄妹，又是恩爱夫妻，合称"黑白神剑"。

　　闵柔容颜清丽，素以美色驰名江湖，打扮却是极为素朴，她通常便是一身白衣、鬓插红花。两夫妻出场之时，一黑一白，比肩而立。两人都是中年，男的丰神俊朗，女的文秀清雅，衣衫飘飘，腰间都挂着柄长剑，可谓是极相配的一对佳偶了。不仅在外人看来他们相配，他们本身也是匹配度极高。石清稳重宽厚，闵柔斯文温柔，二人性格有相似处，又能互补。后来石破天和阿绣这一对小情侣，就隐隐有他们年轻时的影子，石破天聪慧淳朴，阿绣端庄守礼，二人相处得极是融洽。

　　书中提到，闵柔美貌，本来就喜爱打扮，人近中年，对容止修饰更加注重。石清为了安慰妻子，在次子被梅芳姑抱去之后，十三年来给她买的首饰足够开一家珠宝铺子。这里固然是表明石清对妻子的体贴，但也表明了闵柔对自己的爱惜，对生活的热情。她足够爱自己，才能足够爱石清。比之梅芳姑，得不到心上人，就要毁掉他的生活，夺走他的儿子，还毁掉自己的容貌，闵柔是真正懂得自爱以及爱他人的人，因此，她在爱情上不会走极端，也不会像梅芳姑一样令人敬而远之，吓走石清。即使面临了失子之痛，她也能重新站起来，不会被打倒击垮。

她武功高强，性格却温婉柔弱。她素来听夫婿主张，以丈夫的意见为重，就算明知无望，却从不违拗丈夫之意。石清顾念梅芳姑的情意，不愿向她亲自动手寻仇，闵柔也能体谅丈夫，虽然有着切齿之痛，依然决定和儿子联手抗敌，这才把十五岁的儿子石中玉送上雪山派学艺。她对孩子也是疼惜溺爱，完全是每个孩子梦想中的慈和母亲。石破天对闵柔十分依恋，他一直羡慕石中玉有这样温柔的母亲。

而她对旁人也是斯文有礼，事事顾忌他人感受。就连寻找玄铁令主人时，见到路上小丐（石破天）可怜，也不禁起了怜意，从怀中摸出一小锭银子，给他买饼儿去吃。后来石破天还以为她是"穿白衣服的观音娘娘太太"。这样的女子，时时都让人如沐春风，说不出的轻松安宁。她美貌不及梅芳姑，文才亦不如她，更不通厨艺，不擅家务，但她却得到了石清的心。

一个温柔克制的女子，内心是强大的，她不会给自己和身边的人任何压力，与那些时时都想证明自己是被爱而故意秀存在感的女人来比，她的姿态，显得无比轻盈，因而更容易叫人心动。

在误会丈夫与梅芳姑有私情之时，闵柔也并未发怒，还是斯斯文文地说话，从容地转身离去，并未因此绝望狂怒。而在石清表明妻子是心中唯一所爱，梅芳姑凄然离去之时，闵柔将头靠在石清胸口，柔声道："师哥，梅姑娘是个苦命人，她虽杀了我们的孩儿，我……我还是比她快活得多，我知道你心中从来就只我一个，咱们走吧……"

这便是温柔的力量。梅芳姑处处都比闵柔强，但唯有一点，她不如她，那就是闵柔的温柔。

阿 绣

心似双丝网，中有千千结

阿绣是温文尔雅，斯文守礼的女孩子，只是她的温柔之中，又隐含了一份刚烈。

石破天和石中玉长得十分相似，旁人屡屡认错，但只有阿绣从来没有错认过。当史婆婆发现石破天和石中玉十分相似，心生疑窦之时，阿绣却温柔坚定地说，他就是他，他不是石中玉。阿绣可以说是石破天的知己，她以心灵来感应他的存在。她对温和宽厚却不通世务的石破天温柔以待，诚挚以对。阿绣与丁当相比，丁当身上带了三分邪气，我行我素，而阿绣则是端庄温柔的淑女，事事考虑他人立场。石破天对丁当是少年人面对美貌少女时情窦初开的心动，面对阿绣则是爱惜与敬重，他与丁当相处总是情不自禁地害怕，但与阿绣相处只觉放松和舒服，两位少女在他心中的分量并不一样。后来他也确认，自己爱的人是阿绣，希望能娶她做妻子。

阿绣生得十分美丽，石中玉十五岁的时候，遇上才十三岁的阿绣，便已迷恋不已。而石破天初见阿绣，正值朝阳初生，只见她一张瓜子脸，清丽文秀，一双明亮清澈的大眼睛也正在瞧着他。后来金庸又写她白玉般的脸颊，日光映得她几根手指透明如玛瑙，乌黑的头发上发出点点闪光。因此，石破天对她钟情对她眷恋，便是水到渠成了。

石破天不通世故，阿绣便细心提点，史婆婆传授石破天武艺，阿绣担心这样打斗起来会两败俱伤，于是教了他"旁敲侧击"的招数，让他在取得上风时为对手留有颜面，同时也细心教给他为人处世之道。在史婆婆笑石破天招式拙劣，让他羞惭无地，而转眼望去，见阿绣神色殷切，目光中流露出鼓励之色，绝无讥讽的意思。正因为阿绣的信任与鼓励，石破天勇气倍增，心无旁骛地练武学艺。阿绣虽然聪明能干，却不愿以此炫耀而贬低心上人，更不愿凌驾于心上人之上，她给了石破天充分的尊重与认可。她说："以后你别净说必定听我的话，你说的话，我也一定依从，免得叫人笑话于你，说你没了男子汉大丈夫气概。"她希望心上人成长为大树一般温厚的男人，而不是因为他的憨直而对他呼来喝去。

阿绣的动人之处还在于她的腼腆与羞涩，有时还会让石破天手足无措，过去他所遇到的女子如他母亲、侍剑、丁珰、花万紫等，都是性格爽朗之辈，石夫人闵柔虽为人温和，却也是端凝大方，从未见过如阿绣这般娇羞忸怩的姑娘，实不知如何应付才好。江湖儿女不拘小节，但阿绣这般腼腆温柔，令天真淳朴的石破天也能说出"只要你快活，我就说不出的喜欢。阿绣姑娘，我……我真想天天这样瞧着你"这样的情话。

这便是她的处世智慧了，她爱他，亦尊重他，不会因他温和宽厚
而事事压着他一头。

但实际上阿绣性子又极为刚烈，她是非分明，爱憎也分明。她受
辱投崖、殉情跳海，言出必行，毫不拖泥带水。而她对于欺辱过自己
的人更是决不轻饶，一定要严惩于他。阿绣姑娘的如水温柔，只对着
家人和爱人。

阿绣是武学名家之后，也身怀高强武艺，只是年龄尚幼，造诣不
深。她曾给石破天演练刀法，石破天见她衣带飘飘，姿势美妙，万料
不到这样一个娇怯怯的少女，居然能使这般精奥的刀法，只看得心旷
神怡。

有阿绣在石破天身边，温柔刚烈的少女，与天真淳朴的少年，行
走江湖，也是一对极佳组合。

温青青

青青河畔草，绵绵思远道

青青的名字，来自于汉乐府《饮马长城窟行》，而她对袁承志的相思之意，却也是缠绵婉转，深沉蕴藉。

有人说，温青青这个形象仿佛便是从《红楼梦》黛玉身上借过来的。的确，青青聪明美丽，灵动轻盈，却又多愁善感、爱使小性子，仿佛就是黛玉模样。

袁承志初见青青时，是个男装打扮的英俊少年，那时她不过十八九岁年纪，穿一件石青色缎衫，衣履精雅，背负包裹，一张脸蛋雪白粉嫩。她男装闯荡江湖，有礼时温若处子，凶恶时狠如狼虎。袁承志初遇她，固然因她长相俊秀而心生好感，却也因为她出手狠辣而暗暗摇头。

他一直以为她是个少年男子，结拜后便叫她"青弟"。不过江湖偶遇，他出手相助，两人就此相识。她是个极伶俐的女孩儿，故意留下金子，让袁承志不得不找上门来。于是，萍水相逢的缘分，便得以延续了。

她带他去自己的房间。袁承志眼前一耀，先闻到一阵幽幽的香气，只见房中点了一支大红烛，照得满室生春，床上珠罗纱的帐子，白色缎被上绣着一只黄色的凤凰，壁上挂着一幅工笔仕女图。床前桌上放着一张雕花端砚，几件碧玉玩物，笔筒中插了大大小小六七支笔，西首一张几上供着一盆兰花，架子上停着一只白鹦鹉。连椅披上也绣了花。满室锦绣。袁承志来自深山，几时见过如此旖旎闺房，不觉呆了。

虽然身在温家，受尽叔伯冷眼，但青青从未自暴自弃，对生活仍是充满热情，学了一身的本领，除了武功，也颇通文才，精通音律。连她的闺房也充满审美意趣。因而，她可以凭最美的姿态，去邂逅自己的心上人。她的人生，并没有被她的身世所毁掉，她在努力活得繁茂而又丰盛。

半夜里，她轻敲他的窗，带他出来。良夜寂寂，两人足踏软草，竟连脚步也悄无声息。将到山顶，转了两个弯，一阵清风，四周全是花香。月色如霜，放眼望去，满坡尽是红色、白色、黄色的玫瑰。

玫瑰小亭里，花香月光中，她徐徐吹起一支洞箫。袁承志不懂音律，但觉箫声缠绵，如怨如慕，一颗心似乎也随着婉转箫声飞扬，飘飘荡荡地，如在仙境，非复人间。她低声告诉他，这曲子叫"眼儿媚"。然而低下头，却忍不住眼波流动，微笑蔓延。

次日半夜，他听到熟悉的箫声，便往玫瑰山坡上行来。却见到溶溶月色下一张俏丽面庞，原来便是他的"青弟"，他登时呆了。此时她已经改穿女装，秀美凤目，玉颊樱唇，竟是一个绝色的佳人。

他不由得怦然心动。

就是这一晚，他得知了她曲折离奇的堪怜身世。在吕梁温家这样一个恶人谷里，她一个小小的女孩儿，要保护自己和母亲，居然事事周旋得熨帖。

在这雅致清美的夜景中，月色朦胧，幽香浮动，青青艳光逼人，照亮了袁承志的眼。而她悲苦的身世，也让他怜悯不已。

他终于带她离开温家，离开了那个让她痛苦不已的地方。但她忽喜忽嗔，忽哭忽笑，实令他搔头摸腮，越想越是糊涂。

于是，他假装肚痛，她却在心慌意乱下无意中表白。他生平第一次领略少女的温柔，心头有一股说不出的滋味，又是甜蜜，又是羞愧，怔怔地不语。

他终于明了了她的心思。两人一路上再不说话，有时目光相触，均是脸上一红，立即同时转头回避。心中却都甜甜的，这数十里路，便如在飘飘荡荡的云端行走一般。

青青是温柔体贴的。她会在袁承志难过悲戚的时候，陪他默默落泪；在他去刺杀皇太极的当晚，她心中挂怀，却并不阻止，等了整整一夜，等到他回来的时候，便欢呼着扑入他的怀中，只字不提自己的担心；察觉到他并无兴奋之色时，又软语安慰。

青青也是坚强的，她与他并肩作战，风雨同舟，共同经历了江湖飘摇中的风风雨雨。袁承志也视她为知己，如初见一般，一直叫她"青弟"，"青弟"一词，无可取代，而她在他心中也是无可取代之人。

但她是敏感的，也是骄傲的。她极度缺乏安全感，她的任性和冲动，只是为了把这温暖永久地留在身边。当袁承志借用安小慧的玉簪大破温家五老的五行阵的时候，她生气了，对他冷言冷语；当袁承志和焦婉儿躲在床底的时候，她又使着小性子，不停地捶床，结果两人出来的时候弄得灰头土脸；当袁承志救回阿九，把她抱回来的时候，她以为袁承志移情别恋阿九，便毅然留书出走：既有金枝玉叶，又何要我寻常百姓。

像温青青这样的女孩，在现实中能得到幸福的很少，因为现实中像袁承志这种能力又强又能真正怜惜她、包容她的人也很少。在《碧血剑》里，无论青青怎样使小性子，袁承志总会站在那里，温厚宽和地看着她。他懂得她所有的不安，他怜惜她曾经的悲苦，更心疼她陪着他行走江湖的劳累。

温青青常有，而袁承志不常有。

阿 九

青青子衿，悠悠我心

袁承志初次见到阿九，是在群盗劫镖之时，她跟在师父——须发皆白的程青竹身边，宛然一个清丽的乡下姑娘，不过十六七岁，神态天真，双颊晕红，肤色白腻，一双眸子灿然晶亮，当真比画儿里摘下来的人还要好看。

那时，她不过只是个垂髫的青衣少女。年纪虽幼，却是容色清丽，气度高雅。那种高贵、清华的气质，他岂能忘得掉呢？

他大展神功，出于侠义之心，从褚红柳手下救了阿九，继而又为程青竹救治，如此少年英雄，不由得少女阿九不动心。

起初，他并不知道，她就是金枝玉叶的公主。跟着师父闯荡江湖，她忧心民间疾苦，常常把宫里的金银拿出去施舍，但一个纤纤弱女，哪里又救得了这么多百姓。

却不期然，她会遇见他，刚柔并济，且有仁爱之心。这是她少女心中想象了多时的对象吧，像一个天神一般从天而降，救助了她，还救下了她师父。

于是，不过惊鸿一瞥，却是相思情重。她开始偷偷地思念他，深宫之中疏帘淡月，那少女隐秘而又甜蜜的心事，便融进了这月光之中，如同月光一般通透清朗。

袁承志第二次邂逅阿九，却是在京城外打猎途中，那时阿九却打扮得明艳无伦，认饰华贵，左耳上戴着一粒拇指大的珍珠，衣襟上一颗大红宝石，闪闪生光。他心中不禁暗暗称奇，这小姑娘荆钗布裙，装作乡姑时秀丽脱俗，清若冰仙。这时华服珍饰，有如贵女，花容至艳，玫瑰含露。阿九又带着一干随从，颐指气使，更是气派非凡。

对此时的袁承志来说，阿九真是谜一样的少女。谜一样的女子，更是叫男子不禁心旌摇曳。

到泰山聚会时，袁承志不见阿九的到来，微感失望，颇有怅惘之意，他对她已经有了微微的心动，她对他来说，不只是心头淡淡的一袭青衣。

后来，袁承志潜入皇宫探听消息，无意中闯进了"锦帏绣被，珠帘软帐"的公主寝殿，只得闪身隐在一座画着美人牡丹图的屏风之后。公主要侍女们都退下，自己一人静静作画。

就在这时，他忽然听到了一个似曾相识的娇柔宛转的声音，在轻轻地念着一支情致缠绵的歌儿："青青子衿，悠悠我心。纵我不往，子宁不嗣音？青青子佩，悠悠我思。纵我不往，子宁不来？挑兮达兮，在城阙兮。一日不见，如三月兮。"她吐语如珠，声音又是柔和又是清脆，动听之极。

你青青的衣领啊，我悠悠的心。纵然我不去会你，你为什么不等我呢？你青青的佩带呀，我悠悠的情思。纵然我不去会你，难道你不能主动来吗？我独自一人在这高高的城楼之上踮脚张望着你，一天不见你，好像已经过了三月一般！

这是《诗经·郑风》中的一首歌儿，写得是一个热恋中的女孩子，她思念着自己的情郎，不过短短一日没见到他，思念却已满溢。而女孩子亦有些浅嗔薄怒，我不来找你，你难道不会来找我吗？

公主对心上的那个人，便也是这样的心思。她对那人的思念，一直藏在自己心底，无人可诉，只能诉之于丹青。

袁承志听到纸声，那是公主终于调朱研青，作起画来。过了良久，公主把画放在椅上，便上床安睡。袁承志好奇心起，想瞧瞧公主的意中人是怎生模样，探头一望，不由得大吃一惊。万料不到公主所画之像便是自己，不禁轻轻"咦"了一声。公主听得身后有人，伸手拔下头上玉簪，也不回身，顺手往声音来处掷出。

玉簪破空而来，他伸手轻轻接过，公主阿九转身，见到他的脸，两个人都呆了。

今夕何夕，见此良人。此生此世，夫复何求！

她天天思念着他，却没想到，真的有这么一刻，他离她如此之近。

他见到了她手绘的自己的画像。刹那间，明白了她少女的心事。

还没来得及说几句话，五毒教便来公主寝殿搜查，无奈之下，袁承志被迫躲入公主的床上，阿九又是喜悦，又是害羞。袁承志心中也忍不住一阵荡漾，如同风拂过开满芙蓉的江面。

但他很快清醒过来，将金蛇剑隔在两人之间。她是金枝玉叶的公主，而他，只是流落民间的江湖草莽，身负血海深仇。况且她，还是他杀父仇人的女儿，无望的爱情，一开始就注定是个悲剧，因此，理性的他不会让这爱情开始，虽然他已经明白她的心意。在感情上，男子总比女子来得冷静。

两人临别时，阿九依依不舍，留下了金蛇剑。于是，在每一个深宫孤寂的夜里，她独自抱着金蛇剑，脉脉含情地对着画像微笑，盼望着有一天，他能又一次倏忽而至，带她离开，两人携手行走江湖，再不分开。她并不知自己的父亲与他之间的血海深仇，也不知他虽然懂得她的小女儿心思，却是无法回应。

后来，闯王进京，攻破皇宫。袁承志直奔乾清宫，正见崇祯挥剑，砍掉阿九一条臂膀，他惊怒之余，飞身相救。阿九抱着他的头哭着软语相求，袁承志心中暗暗叹息，由不得不心软，听她之言，暂且把仇恨放下，放过杀父仇人，将阿九带回。

袁承志后来回想自己所识女子之中，论相貌之美，言动可爱，自以阿九为第一，如同明珠美玉，无人可及。但青青虽爱使小性儿，但对他全心全意，一片真情。即使不去计较一切的束缚，他也不能辜负他的"青弟"，那个刁蛮任性却又对他一往情深的姑娘，她在他身边和他并肩闯荡江湖，情意已经被时光沉淀得太过深厚。他和阿九，相遇得太晚。

再后来，玉真子前来挑衅，群侠出动。在雪地之上，阿九全身裹在一袭白狐裘之中，头上也戴了白狐皮帽子，仍然眉目如画，清丽绝伦，却不掩容色憔悴。在另一个姑娘的冷眼之下，她叹了口气，露出一个光头来——

他心神大乱。

骄傲的公主，即使国破家亡，流落民间，她骨子里的那份骄傲是不会改变的。她不愿与另一个姑娘分享情郎，宁愿全身而退，永不相见。

喜欢就会放肆，但爱，却是克制。

后来，他去了很远很远的地方。她拜在铁剑门下，学得一身高强武功，成了一代女侠，独自行走江湖。从此，二人天各一方。

她的梦中，仍会出现他的影子。只是他，是否还记得她？

安小慧

郎骑竹马来，绕床弄青梅

袁承志初见安小慧时，是在华山中的茅屋，那时她是个生得灵秀的小女孩，一对圆圆的眼珠骨碌碌地转动，甚是灵活。而他也不过是个小小的男孩儿。

他在小慧家住了下来。他自幼失去父母，小慧的母亲安大娘对他如慈母般照顾，亲切周到，又有小慧做伴，这时候所过的，可说是他生平最温馨的日子了。安大娘不在家时，他们就在家讲故事，捉迷藏，后来拿些小碗小筷，假装煮饭，过家家。

自然让人想起"青梅竹马"这四个字。"青梅竹马"，真是分外甜美清新的词。这朦胧的初恋，像是一个春日的梦。十几岁少年的感情，特别干净单纯，像一朵被雨水打湿的春花，沁着湿漉漉的芬芳。这是春天里才能萌生的少年人朦胧而又微妙的爱恋。

后来小慧遇险，袁承志拼了命地救她。两个小小孩童，一个使剑，一个使叉，共同抗御强敌。但毕竟只是小孩，袁承志很快负伤，但却犹如疯了一般，紧紧抱住大汉左脚，百忙中还使出伏虎掌法，虽然情势危急，仍是不让小慧给敌人擒去。

后来安大娘从小慧处听说了袁承志舍命相救的事情，决心好好培养他一番，于是，便送他上华山学艺，拜在绝世高手穆人清门下。

袁承志与安小慧相处得很好，又共经患难，分别时实在是恋恋不舍。他郑重地对安大娘说："我永远不会忘记。"

他第二次见到安小慧时，是在温青青的家中。此时的小慧已经长大了，她大约十八九岁年纪，双颊晕红，容貌娟秀。那少女一对乌溜溜的眼珠盯住他的脸，忽然叫了出来："你识得安大娘么？"袁承志全身一震，手心发热，他认出来了，那是小慧。

小慧也高兴得忘了形，拉住他手，叫道："是啊，是啊！你是承志大哥。"骤然间想起男女有别，脸上一红，放下了手。

袁承志很感尴尬，问安小慧道："你怎么还认得我？"安小慧道："你眉毛上的伤疤，我怎会忘记？小时候那个坏人来捉我，你拼命相救，给人家砍的，你忘记了么？"袁承志笑道："那一天我们还用小碗小锅煮饭吃呢。"

细认双瞳点秋水，依然竹马识君初。

只是，他们旁若无人的默契和亲密，让青青见了，脸上登时如同罩了一层严霜。

安小慧说起别来情由，袁承志从怀中摸出一只小金丝镯来，说道："这是你妈从前给我的。你瞧，我那时的手腕只有这么粗。"分别之后，他一直保存着安大娘给他的金丝镯，那是他对这段无邪时光的留恋与珍惜。

青梅竹马的情谊，是最容易滋生深沉爱情的。但是小慧却另有际遇。她遇上了一个傻乎乎的少年，崔希敏。

在袁承志与温家打斗的过程中，安小慧与崔希敏一边给袁承志拍掌喝彩，一边斗嘴笑闹，恍然一对互黑的欢喜冤家。崔希敏粗鲁急躁，傻不愣登，但也耿直可爱，与同样质朴单纯的小慧正好相配。

这一对小情侣，看着就叫人欢喜。

袁承志心中明白，他已经是局外人。于是，对小慧的朦胧情愫，便就此止步了。

青青的运气实在太好。如若小慧对袁承志也钟情，袁承志的心里，或许会更偏向小慧。但小慧根本对他无意。

袁承志是很厉害，武功高强，地位超然，那又怎么样，小慧心里，只有那个傻傻的崔哥儿。后来，安大娘也不由得为此可惜："小慧跟他小时是患难旧侣。他如能做我女婿，小慧真是终身有托。但她偏偏和那傻里傻气的崔希敏好，那也叫作各有各的缘法了。"

小慧要的，就是一份平凡生活中势均力敌、快活自在的爱情。

比之青青在爱情中的患得患失，敏感易怒，她实在幸福得多。

李文秀

此去经年，应是良辰好景虚设

草原上的天铃鸟，唱得那么好听，又是那么凄凉。

神骏白马，载着一位娇弱幼女，来自中原，却驶进了青青草原的心脏。

她是容颜秀美的汉族女孩子，善良温厚，又聪明伶俐，悟性极高，可是并不是女孩子特别聪明美丽，爱情就会特别眷顾的。

明明他和她，相遇得那么早。

他是哈萨克少年苏普，健壮朴实。她为了救下他掌中那只柔弱的天铃鸟，在腕上褪下了母亲留给她的唯一纪念物——那枚在月光下散发着淡淡莹光芒的玉镯。

草原上的夜晚，天很高、很蓝，星星很亮，青草和小花散播着芳香。就在这样的夜晚里，温柔少女，遇上了粗犷少年。

便这样，两个小孩子交上了朋友。哈萨克男性的粗犷豪迈，和汉族女性的温柔仁善，相处得很是和谐。小孩子的时候，交朋友是一件最容易也最简单不过的事情。

她做了一只小小的荷包，装满了麦糖，拿去送给苏普。而苏普为她一晚不睡，在草原上捉了两只天铃鸟。她虽然怜爱地放飞了两只小生灵，笑他可爱的傻气，但心里禁不住悄悄欢喜着。为什么这么欢喜呢？她似乎知道，又似乎不知道。

日子一天天地过去，她枕头上的泪痕也渐渐少了。她脸上有了更多的笑容，嘴边有了更多的歌声。她告诉他化蝶的故事，她在他身边唱着草原上缠绵情致的歌儿："啊，亲爱的你别生气，谁好谁坏一时难知。要戈壁沙漠便为花园，只需一对好人聚在一起。"

听到歌声的人心底里都开了一朵花，便是最冷酷最荒芜的心底，也升起了温暖："倘若是一对好人聚在一起，戈壁沙漠自然成了花园，谁又会来生你的气啊？"

当然，她还不懂歌里的意义，为什么一个女郎要对一个男人这么倾心？为什么情人的脚步声使心房剧烈地抽动？为什么窈窕的身子叫人整晚睡不着？只是她清脆动听地唱了出来。听到的人都说："这小女孩的歌儿唱得真好，那不像草原上的一只天铃鸟么？"

小小少女的时候，她就很喜欢听天铃鸟唱歌，那声音很远，但听得很清楚。又甜美，又凄凉，像一个少女在唱着清脆而柔和的歌。她自己，也像一只柔弱而又精灵的天铃鸟，唱着甜蜜，而又忧伤的歌儿。

有一天，他为了救她拼死杀死一头大狼，浑身溅满鲜血。一个月后，她看到门外放着一张大狼皮，做成了垫子的模样。她知道是那少年半夜里偷偷将这狼皮放在她的门前。他没有忘记对她说过的话。少年的心里，也偷偷萌发了对这爱唱歌的美丽少女的喜欢。尽管，也许他自己还没意识到。

却是从那时起，不能再相见。两个民族之间，有着鲜血铸下的仇恨。

"你的狼皮拿去送给了哪一个姑娘？好小子，小小年纪，也懂得把第一次打到的猎物拿去送给心爱的姑娘。"她听到他的父亲苏鲁克对他的责骂和鞭打。他每呼喝一句，李文秀的心便剧烈地跳动一下。

她听得苏普在讲故事时说过哈萨克人的习俗，每一个青年最宝贵自己第一次打到的猎物，总是拿去送给他心爱的姑娘，以表示情意。这时她听到苏鲁克这般喝问，小小的脸蛋儿红了，心中竟有些骄傲。他们二人年纪都还小，不知道真正的情爱是什么，但隐隐约约的，也尝到了初恋的甜蜜和苦涩。

她把狼皮挂在了另一个美丽的哈萨克少女阿曼的帐篷前。阿曼，那是草原上一朵会走路的花。她当时并不知道，她的这一举动，改变了三个人的一生。

那少年来找她，她却对他说，永不相见。苏普莫名其妙地回到家中，心中一阵怅惘。

他不知道，那少女偷偷地哭了很久很久，她很喜欢和苏普在一起玩，说故事给他听，但是为了他从此之后不再挨父亲的鞭子，她只能狠下心来不再和他相见。

他不明白汉族少女千回百转的细腻心思，他以为她真的不想见她，真的就不再见她了。他不知道，她只敢偷偷地，远远地看他。

快乐甜柔的时光，竟是那样短暂。

童年，就这样结束了。

他对她初初萌生的喜欢就戛然而止，而她对他浅浅的喜欢却在长久的随遇中沉淀下来，酝酿成了深沉绵长的爱。

时光飞逝，小孩子一晃眼就长大了。会走路的花更加袅娜美丽，杀狼的小孩变成了英俊的青年，那草原上的天铃鸟，虽然也唱得越来越柔美动听，却唱得越来越少了。只有在夜半无人的时候，独自在他杀过灰狼的小丘上唱一支歌儿。她很多时候都是一个人在静静地思念着。

那杀狼的小孩爱上了会走路的花，遗忘了那只天铃鸟。天铃鸟却一直都在低唱着当年年少的相遇与欢喜。

后来，机缘巧合，她救下一位老人，凭着极高的悟性，传得一身高强武功。她依旧文静沉默。谁也不知道，这个美丽娇柔的女孩儿，总是默默无言，竟身怀一身惊人的绝技。

围炉夜话时，她听他快乐地谈起她。在他的话语里，她是他童年的玩伴，温暖亲切的回忆，却再不是他唯一的挚爱。而在她的眼里，他还是那个少年，为她杀狼陪她夜话的英勇少年，一如记忆中的模样。

她惆怅而又难过，却几次从强盗手中救下他的心上人，看着他们在一起相拥，看着他们脸上露出幸福甜蜜的笑容。

于是，她自己也露出了微笑，淡淡的，却有一丝凄凉。

她还会常常想起，年少天真的自己，与计爷爷的对话：

"天铃鸟是草原上一个最美丽、最会唱歌的少女死后变的。她的情郎不爱她了，她伤心死的。"

"她最美丽，又最会唱歌，为什么不爱她了？"

"世界上有许多事，你小孩子是不懂的。"

她长大了，终于懂得了。

　　就像她，她是很好很好的姑娘，又美丽，又会唱歌，可他偏偏就不喜欢了。

　　金庸写着《白马啸西风》时，少女那种求而不得的暗恋，百转千回的心事，刻画得如同洞箫一般柔和，散发着晶莹柔婉的光芒。

　　江南曾无数次出现在她的梦中，有杨柳岸晓风残月，有三秋桂子十里荷花，有垆边人似月，皓腕凝霜雪，无比轻灵旖旎。

　　但她舍不得离开。因为草原，有她心爱的男孩，暗暗爱了那么多年的男孩。

　　但她终于离开了草原，白马带着她一步步地回到中原。白马已经老了，只能慢慢地走，但终是能回到中原的。

　　美丽善良的姑娘，仰着头，看着茫茫沙漠上纯蓝的天空。

　　如果你深深爱着的人，却爱上了别人，有什么法子？

　　她永远不会忘记，大漠的深处，曾经有一个少年，温暖了她整个童年，也凄凉了她如花的少女时光。

　　这是金庸的一篇温柔而忧伤的小说。李文秀身负血海深仇，但她并没有被仇恨压倒。她的爱情永远无法企及，但她也并未因此而纠结怨怒。她仍保有着她最初的美好。

　　只是淡淡的，淡淡的惆怅与忧伤，如琥珀的微光般，洒满了字里行间。

香香公主

是耶非耶？化为蝴蝶

她是金庸书中最美的少女，金庸不惜花费大量笔墨来烘托她不食人间烟火的美貌。

陈家洛行到大漠之中，忽然见到了一泓大湖。只听树上小鸟鸣啾，湖中冰块撞击，与瀑布声交织成一片乐音。他呆望湖面，忽见湖水中微微起了一点涟漪，一只洁白如玉的手臂从湖中伸了上来，接着一个湿淋淋的头从水中钻出，一转头，看见了他，一声惊叫，又钻入水中。湖面一条水线向东伸去，忽喇一声，那少女的头在花树丛中钻了起来，一只洁白如玉的手臂从湖中伸了上来，青翠的树木空隙之间，露出皓如白雪的肌肤，漆黑的长发散在湖面，一双像天上星星那么亮的眼睛凝望过来。

陈家洛只听一个清脆的声音说道："你是谁？到这里来干么？"说的是回语，他虽然听见，却似乎不懂，怔怔地没作声，一时缥缈恍惚，如梦如醉。

而她美得仿佛不是凡间女子。在她出水以后，更是惊艳。陈家洛看到湖边红花树下，坐着一个全身白衣如雪的少女，长发垂肩，正拿着一把梳子慢慢梳理。她赤了双脚，脸上发上都是水珠。只见她舒雅自在地坐在湖边，明艳圣洁，仪态不可方物，白衣倒映水中，落花一瓣一瓣地掉在她头上、衣上、影子上。

美人梳头，旖旎无限。陈家洛又一次被惊艳了。

而在两军对峙之时，香香公主之美竟然叫人忘记了战争。其时朝阳初升，两人迎着日光，控辔徐行。香香公主头发上、脸上、手上、衣上都是淡淡的阳光。清军官兵数万对眼光凝望着那少女出神，每个人的心忽然都剧烈跳动起来，不论军官兵士，都沉醉在这绝世丽容的光照之下。

而她爱吃花儿，以至于身上一年四季，都散发着幽幽清香。陈家洛坐在她身旁，只觉得一阵阵淡淡幽香从她身上渗出，明明不是雪中莲的花香，也不是世间任何花香，只觉淡雅清幽，甜美难言，心想："不见她搽什么脂粉，怎么这般香？而世上脂粉之中，又哪有如此优雅的香气？"

而她口中说的事尽是牧羊、采花、觅草、看星，以及女孩子们游戏闹玩之事。陈家洛自离家之后，一直与刀枪拳脚为伍，这些婴婴宛宛之事早已忘得干净，此时听她娓娓说来，真有不知人间何世之感。

他把秦观那阕《鹊桥仙》的词译成了回语讲给她听。她听到"金风玉露一相逢，便胜却人间无数"，以及"柔情似水，佳期如梦"，"两情若是久长时，又岂在朝朝暮暮"这几句时，眼中又有了晶莹的泪珠，默默不语，望着火光，过了一会，悄悄说："汉人真聪明，会编出这样好的歌儿来。"

他救下小鹿，她便从皮袋里倒了些马奶在掌，让小鹿舐吃。她手掌白中透红，就像一只小小的羊脂白玉碗中盛了马奶。小鹿叫了几声，她说小鹿在叫它妈妈了。她单纯可爱，完全是小女孩的思维模式和表达方式。

这样美貌的少女，身份又高贵，身体有神秘幽香，还天真幼稚，很难不叫陈家洛爱上。

他很快忘记了她姐姐，那个已经送给了他信物定情的美丽姑娘，大漠上的翠羽黄衫霍青桐。

香香公主有精明强干的父兄，武功卓绝的姐姐，因此，她无忧无虑，澄静透明如同沙漠中的清泉。她的心智比她这个年龄阶段的更为幼稚，仿佛一直停留在少年时代，甜蜜、纯净而快活。

在陈家洛入疆之前，香香公主应该一直是孩童一样的心智吧，天真愚蠢快乐美好，心里只有"我"，没有其他人。她爱上了陈家洛，为将他拉过来，姐姐霍青桐的任何反应全然不放心上，族人的生死存亡也不放心上。

这是金庸想象中的完美少女，明艳纯洁，天真稚嫩，不谙世事，满心都是对情郎的崇拜，全心全意地信任于他。这让男子感觉轻松惬意且没有压力。

而实际上，她如她姐姐一样，是刚烈而聪慧的。

后来，陡遭大变，家破人亡，姐妹失散，她被乾隆抓去，当了妃子。在这样的环境之中，香香公主迅速成长起来。她不屈服于乾隆的淫威，对他坚决反抗。陈家洛把她送给乾隆做交易，她还从乾隆琴声中听出他的杀意，并当机立断，决意以死向心上人示警。

在香香公主面前，陈家洛只不过是个委顿的影子。他配不上她姐姐，也配不上她。

终究是，浩浩愁，茫茫劫，短歌终，明月缺，郁郁佳城，中有碧血。碧亦有时尽，血亦有时灭，一缕香魂无断绝。是耶非耶，化为蝴蝶。

霍青桐

其神若何，月射寒江

英姿飒爽的翠羽黄衫，曾是大漠上最明丽的一道风景。

在《书剑恩仇录》里，霍青桐有着最惊艳的出场："突然间眼前一亮，一个黄衫女郎骑了一匹青马纵骑小跑，轻驰而过。……那女郎秀美中透着一股英气，光彩照人，当真是丽若春梅绽雪，神如秋蕙披霜，两颊融融，霞映澄塘，双目晶晶，月射寒江。"

那样一位明慧绝伦的少女，金庸在形容她时不仅直接搬来了《红楼梦》中描写警幻仙子的词句，还借着李沅芷的目光细细地描写了一番："那少女和她年事相仿，大约也是十八九岁，腰插匕首，长辫垂肩，一身鹅黄衫子，头戴金丝绣的小帽，帽边插了一根长长的翠绿羽毛，革履青马，旖旎如画。"

她的相貌虽清丽柔弱，却睿智冷静，拥有运筹帷幄之能力，并不以此倨傲，低眉宛转，却是心明如镜。而当危难之际，却能挺身而

192

出，智谋与胆识令天下震惊。

如此英姿飒爽的少女，却爱上了一个怯懦软弱的书生，陈家洛。他首先是钦佩她的武功，后来则是迷醉于她的美貌，见她"体态婀娜，娇如春花，丽若朝霞"，他从来没有见过这样美丽的少女，心旌摇曳，已魂梦相牵。

而他的气量却甚是狭小。男装的李沅芷与她态度亲热，他便心里不快，面上冰冷。而她聪明决断，武艺超人，智计无双，胆识过人，文武兼备，仿佛事事都在他之上。后来，连他自己也明白了自己心里对她隐隐的畏惧之情："难道我心中……竟是不喜欢她过于能干么？"

而再后来，他遇上了更加美貌的香香公主，他的一缕情丝，竟完全地转移到了这个绝世美貌却单纯无邪得有若孩童的妹妹身上。

她是智慧而理性的，从不像她不谙世事的妹妹一般一派天真。她长久以来肩负守护部落的重任，事事从大局着眼，不意气用事，运筹帷幄，决胜千里。

黑水河之战，霍青桐心思灵澈，一眼便看出清兵诡计，拒不发兵，但却惹得左右之人纷纷猜疑，父亲木卓伦更是公开指责她是嫉妒妹妹，不顾族人死活。陈家洛也疑心是霍青桐妒忌，因此不来相救。

霍青桐伤心之余，仍然坚毅克制，军令如山。她默默祈祷着："现今我爹爹不相信我，哥哥不相信我，连我部下也不相信我，为了要使他们听令，我只得杀人。真主，求你佑护，让我们得胜，让爹爹和妹妹平安归来。如果他们要死，求你千万放过，让我来代替他们。求你让陈公子和妹妹永远相爱，永远幸福。你把妹妹造得这样美丽，一定对她特别眷爱，望你对她眷爱到底。"面对着猜疑和重压，她仍然如此宽厚，如此善良。

他无论是谋略眼光，还是胸襟与气度，都不如她。她终于统领族人以寡敌众，大败清兵。真正的巾帼不让须眉，可谓女中豪杰。

她是大漠上高飞的鹰，而她的意中人，只想拥有仰望他的一株娇嫩柔美的花。他的优柔寡断，他的自私懦弱，都让他和她，渐行渐远。于是，无论她如何钟情于他，两人最终分道扬镳。

陈家洛曾经猜想，两姐妹到底谁是真正的爱他呢？他认为，倘若他死了，喀丝丽一定不会活，霍青桐却能活下去。他自我感觉可也太好，但这一点是对的，霍青桐从来不会为他而活。

霍青桐是坚韧的，她的智慧与才干不允许她成为一个为了男子低眉顺眼的女子，她需要的是比肩而立、相视而笑的平等与默契。因此，就算她也被爱情折磨得容颜憔悴，但她却不会对他死缠烂打、低声下气或者用心计与妹妹相争。她有她的风骨，也有她的骄傲。她就算再爱一个男人，也不会为他而活，她只会为自己而活，为族人而活。她的世界天高地阔，从不会是陈家洛想象的那样狭隘。

英姿飒爽的霍青桐身边，应该站着一个可以让彼此发光的真正英雄，而不是陈家洛那种迂腐书生。

"百万军中最从容，掩映黄衫骑万众，苍天总为红颜妒，不教翠羽遇萧峰。"这是金庸对青桐的题诗。霍青桐放眼当时的天下，竟无一个真正能配得上她的人。她，注定孤独。

不过，纵使没有了爱情又如何？她还是翠羽黄衫，大漠上骄傲的霍青桐。

李沅芷

沅有芷兮澧有兰，思公子兮未敢言

李沅芷有一个非常美的名字，出自屈原《九歌·湘夫人》句："沅有芷兮澧有兰，思公子兮未敢言。"

在那部苦大仇深充满家国恩仇的书中，李沅芷是一抹明媚的阳光。她既活泼可爱充满灵性，又敢爱敢恨勇于追求真爱，完全听从自己内心的指引，从不被别人的意见所左右。她是千金小姐，父亲做大官，她是独生女儿，又聪明又美丽，善解人意，当然要风得风，要雨得雨，别人不怕她也要让着她，不然见她这样的人居然低声下气请求，也就十分顺气，乐得答应了。再不然，她那么懂得讨人欢喜，她缠着要什么事物，不答应她也不成。

顺风顺水的李沅芷从未想过，在爱情里，她会是先动心的那个。

李沅芷与余鱼同细雨野店初次相逢，见那少年"长身玉立，眉清目秀"，李沅芷"不免多看了一眼"，那少年也见到了她，微微一笑，李沅芷脸上一热，忙把头转了开去。

这人群中多看的一眼，竟让这少女再也没能忘却他容颜，芳心可可，深情款款，无法放下。

她悄悄恋慕上了金笛秀才，但对方心里只有骆冰，半点她的影子也没有。曾经沧海的人，心中已经不再浑金璞玉，面对这样如同清风明月一般清澈皎洁的女子，他并不知珍惜。

在天目山，余鱼同脸刚烧坏之后，李沅芷前去找他，勇敢地对他表明心意。在知道余鱼同容貌尽毁之时，她仍然留下了十六个字：情深意真，岂在丑俊，千山万水，苦随君行。而他伤重之时，她细心照料，一副刁蛮顽皮的脾气，竟然尽数收拾了起来。

后来她不远万里追踪余鱼同的下落直到西域，遇到了大胡子阿凡提。在阿凡提的提点下，她开始了解男子的心理。她成功地将张召重引入死地并顺利脱身，为红花会立了一大功。然后巧妙利用余鱼同患得患失的心理，使之终于答应与自己的婚事。

像李沅芷这样的姑娘，无论嫁给谁，她都会幸福的。她在满满的爱中长大，从不会因为别人不爱她而自怨自艾，她始终对自己充满信心，别人对她的态度，不会影响她对自己的判断。因此，虽然最开始，金笛秀才不爱她，她也并未自暴自弃，而是想方设法如何让他爱上她，而且她也坚信，他总有一天会爱上她。

她生性聪明伶俐，又细心温柔，从不走极端，而且古灵精怪，心思剔透，她懂得如何把自己的小日子过得极生动有趣。她从不为难自己，也不为难他人，是很容易叫人喜欢上的姑娘。

单恋的结局，通常悲剧。但李沅芷并不肯放弃，她机变百出，聪明伶俐，用尽了心思，放弃了家世，终于换来了一纸婚约。

不管怎么样，李沅芷到底嫁给了自己喜欢的人，只是金笛秀才酸气太重，对她又是始终淡淡的，真是配不上她。但只要她自己觉得圆满，就是幸福的吧。

　　便如三毛所说："为沅芷高高兴兴地哭一场。恨全消。"

骆　冰

谁教白马踏梦船，乐游桃苑柳如川

骆冰的性格，随和却又豪爽，开朗而又爱笑。

她个性爽朗直率，从不拖泥带水。她又号称"鸳鸯刀"，除了使一长一短的一对刀外，还擅长放飞刀，金庸说她"纤手执白刃，如持鲜花枝"，真是风致嫣然。

骆冰爱笑，这是她最可爱也最具有魅力的地方。她的笑，是从心底发出的。她是在宠爱和呵护中成长起来的。书中写着，她的父亲是侠盗神刀骆元通，不但受人敬重，而且有花不尽的钱财。她自幼受父亲宠爱，出手豪阔无比。她丈夫是红花会四当家奔雷手文泰来，夫妻感情和睦，恩爱异常。红花会一众兄弟对她更是尊重爱护。正因她一生幸福，所以她对人也特别亲热，特别爱笑。

笑容让一个女人焕发出别样的美丽，她并不知，这样的笑容会令男子如何心动。尤其在风雨飘摇的江湖，笑容会在男子心中投下怎样的光芒。

正是这样的美貌和个性，让自视甚高的金笛秀才对她魂牵梦绕。余鱼同自己也不知道，为何她一笑，自己的心就无法控制地狂跳，他虽然一再提醒自己骆冰是义兄的妻子，一再制止自己爱上她，甚至不惜自残，但他始终无法彻底放下，直到终于做出越轨之事。

但在遭到余鱼同欺辱之后，见他悔过，站在当地，茫然失措，骆冰心中忽觉不忍，说道："只要你以后好好给会里出力，再不对我无礼，今晚之事我绝不对谁提起。以后我给你留心，帮你找一位才貌双全的好姑娘。"说罢"嗤"的一笑，拍马走了。

她这爱笑的特点始终改不了，这一来可又害苦了余鱼同。但见她临走一笑，温柔妩媚，当真令人销魂蚀骨，情难自已。

在后来的时光里，余鱼同想起骆冰，总忍不住思潮起伏，这番相思明明无望，万万不该，然而剑斩不断，笛吹不散。

为了赎罪，余鱼同不顾性命去营救文泰来，不惜牺牲自己，在千钧一发之际和身扑熄了火药药引，使群豪终能救出文泰来。而他一张英俊的脸却烧伤了。骆冰不计前嫌，拿湿布把他脸上的泥土火药轻轻抹去，再涂上白酱油。她知道他对自己十分痴心，这番舍命相救文泰来，也是从这份痴心上而来，并不是下流情欲。她瞧他伤成这副样子，性命只怕难保，即使不死，一个俊俏青年从此丑陋不堪，而对他这份痴心可也永远无法酬答，不由得思潮起伏，怔怔出神。他自觉心灰意冷，遁入空门，剃发为僧，决心斩断所有与尘世的联系。

骆冰心中对他怜惜不已，全然忘了他对她无礼之状。她一直过得很幸福，幸福的人往往希望身边的人也过得幸福。

到后来，红花会群雄在大漠被清军围困，面临险境，余鱼同向文泰来忏悔，将自己如何对骆冰痴心，以及在铁胆庄外调戏她地事，原原本本的说了，文泰来笑道自己早已原谅了他，知道是年轻人一时糊涂，余鱼同又是惭愧，又是感激。骆冰却说她倒有一事不乐意："你是大和尚，归天之后，我佛如来接引你去西方极乐世界。我们八人却给五哥、六哥拘去阴曹地府。这一来，岂不是违了当年咱们有福共享、有难同当的誓言？"众人越听越是好笑。余鱼同把身上僧袍一扯，笑道决意还俗。众人冰释前嫌，芥蒂全无。

她悄悄助他消除了心头的郁结，他从单相思里艰难地走了出来，开始了新的感情历程。他终于和李沅芷喜结连理。

而那一年，她于白马上的回眸微笑，让他霎时心旌摇荡。

她总是笑着的，犹如花开不败，在恋慕她的男子心中，便如这四月的人间。

周　绮

东边日出西边雨，道是无晴还有晴

　　周绮的爱情，总让人想起一些竹枝词类的民歌，比如，刘禹锡的
"东边日出西边雨，道是无晴还有晴"，以及郭元振的《春江曲》：
"江水春沈沈，上有双竹林。竹叶坏水色，郎亦坏人心。"

　　因为，她是这样天真烂漫，纯真爽朗，一片赤子之心。

　　她的外号叫"俏李逵"，俏李逵的一个"俏"字，显示出她的娇
俏可人。而"李逵"二字，放在这俏姑娘身上，可真是反萌差了，十
分生动。她妈妈教她绣花，她折断了针，弄破了绷子也没学成。后来
她偷偷发现，原来她妈妈也不会绣花。虽然"俏李逵"粗手笨脚，但
是爽快豪迈。和这样的姑娘在一起，生活都会变得非常轻松。

　　她的爱情，是充满了小儿女的欢喜的。而她也是一个单纯可爱，
心直口快的姑娘。她虽然鲁莽，却不是莽撞，心底温暖纯良。她在庄
外碰见生病的骆冰，马上把她带回家救治，但骆冰误解她时，她也毫

201

不含糊地还以颜色；徐天宏受了重伤而生病，她费尽心思地帮他四出奔走延医。而她见到陈家洛移情别恋，也为霍青桐愤愤不平。她是个热心肠的姑娘，好打抱不平，喜欢帮助别人，却从不争强好胜地逞能。

她全无心计，每每语出惊人。骆冰曾开玩笑问几时喝她的喜酒，周绮不以为然地说："你们想把我嫁给那个陈家洛，我才不稀罕。"让众人忍俊不禁。

后来她终于遇上了"武诸葛"徐天宏。徐天宏虽然也捉弄她，但对她一片真心。周绮心地单纯，一望见底，徐天宏足智多谋，心思缜密。相比陈家洛扭捏纠结的爱情，这两人的爱情痛快鲜明，可爱极了。

周琦本来就是个有趣的姑娘，徐天宏也是个有趣的侠客。和有趣的人在一起，人生不寂寞。而他们彼此之间又"相生相克"，吵吵闹闹。欢喜冤家，总让人感觉到俗世的热闹。

她从小锦衣玉食，娇生惯养，养成鲁莽率真的大小姐脾气，她何尝独自有处理过难题？她从小到大所有一切事都不用操心，因为她父亲极为能干，早给她安排好了所有的事情。

如此一个全无心机的傻姑娘，就这样热热闹闹的嫁给了徐天宏。聪明机智又仁厚温和的徐天宏，一定能让"俏李逵"什么事也不用操心，继续天真地傻气下去。

程灵素

此情可待成追忆，只是当时已惘然

胡斐初见程灵素时，她不过是一个容貌平平的少女，肌肤枯黄，脸有菜色，似乎终年吃不饱饭似的，头发也是又黄又稀，双肩如削，身材瘦小，只不过一双眼睛明亮之极，眼珠黑得像漆。谁曾想到这样一位看似普通的少女，竟有一身惊世骇俗的用毒功夫呢？

倔强孤独的女孩子，挺直了自己单薄的身躯。自幼失怙，师父早逝，竟无人知她真正的身世，只余她一人沉默地生活着，与毒为伍，处处当心，与师兄姐们斗智斗勇，如此没有改变她的本性。她玲珑剔透，举重若轻，心智之成熟远远超过她的年龄，似乎一切都在她的计算之中，但她偏偏又宽厚仁善，善良悲悯。

她就这样生活着，直到十六七岁那年，遇到胡斐，单调的青春盛开了第一朵绚烂之花。

爱情也是一种毒，令人含笑饮砒霜的毒。灵素虽然是用毒用药的大行家，精通医经药经毒经，为天下第一毒物"七心海棠"的主人，师兄师姐还有师叔均远不及她。但是她中了爱情这种毒，竟然无药可解。

胡斐也不过是帮她挑粪浇了蓝花；吃完了她做的饭菜还帮她洗碗；深夜替她抵挡了来袭的敌人，在他看来不过随手的事情，却在自来孤苦的她心中微微地激起了涟漪。她从小混迹毒的世界，见惯黑暗与污浊，更需要温暖与慰藉。那少年带来的一点点光亮和火花，就让她的心蓦然燃烧起来。

"两大碗热气腾腾的白米饭。三碗菜是煎豆腐、鲜笋炒豆芽、草菇煮白菜，那汤则是咸菜豆瓣汤。"初见时，她就给他做了一桌子菜。虽是家居小菜，却生出无限的温馨与熨帖来。

她半夜里似乎是漫不经心地问了一句："现下我要去瞧几个人，你同不同我去？"胡斐回答："我自然去。"就这样，她的一缕情丝，悄悄地系到了这个初识不过一天的陌生人身上。

连受她相助的铁匠都看出了她对他的柔情，在他面前唱起了洞庭湖旁的民歌："小妹子待情郎，恩呀么恩情深，你莫负妹子的一片心。你若见她时要待她好，你不见她时，要一天十七八遍挂在心。"

她爱他，胜过爱自己。而聪慧如她，如何不懂得所爱人的所思所想，是另一个美丽姑娘。那紫衣姑娘骑着白马而来，笑靥如花，赠给了他一只玉凤，而他从此就把那玉凤视若珍宝，小心收藏。

痴情的她，就只能悄悄将这一缕情丝轻轻压在心底。如果不能成为爱人，那么，就做兄妹吧，在他身边多待一天，瞧着他欢喜。或许，这也是一种幸福。

他是怕她的。太聪明的女子，往往令聪明的男子望而却步。灵素聪明绝顶，也明白此层。她是坦然的，虽然心伤。她的聪明才智，仅仅用来自保和助人，从不用来为自己谋取意中人的心。她心细如发，什么都在她的算计之中，她用毒用药皆入化境，救死扶伤，化危机于无形。大侠苗人凤将自己双眼治疗果敢托付给初识的灵素，灵素坦然相告："晚辈一生，从未危害过一条性命。"

她内心温暖，从不偏激。她生就安静柔婉的性子，却果决勇敢。她默默陪伴在他身边，他虽然对她没有爱情，但是却沉淀了越来越深的友情和亲情。这对她来说，也是珍贵的。他和她都是孤儿，用彼此心中的热，来慰藉孤苦的人生，又是多么重要。

她毕竟也还是个小女孩，也有委屈愤懑的时候。胡斐提出要和她结拜为兄妹，她错愕之下，情绪激动，令胡斐愕然无语。她也有撒痴撒娇的时候。在他们救了马春花，遭到围堵之时，程灵素忽然问胡斐："大哥，待会如果走不脱，你救我呢，还是救马姑娘？"胡斐说："两个都救。"她忍不住小小任性了一把，继续追问："我是问你，倘若只能救出一个，另一个非死不可，你便救谁？"胡斐微一沉吟，说："我救马姑娘！我跟你同死。"她满心欢喜，低低叫了声："大哥！"伸手握住了他手。

这时的灵素，终于像个小女孩了。

她这时已经知道，她在他心中的位置。不做情侣，那么就做知己，这世界上的情感，本来就广博而丰富，并不是狭隘得只剩下爱情。

虽然，她对他的爱情，越来越醇厚。但她从未要求过他回报给她同样强烈的爱。爱他，那是她一个人的事情。而她也在这爱情中得到滋养和成长。

只是，这朵爱之花不久就凋落了。在那所大庙外，胡斐中了七心海棠的毒，怎么办？这么好的人，难道就这样让他死去么？念头在心中一转，再也顾不得其他，她俯身吸去情郎身上的毒。胡斐得救了，而她，却如一枚静美的秋叶，悄无声息地陨落在地。

在临死之前，她仍然心思细密地安排好了一切。末了，她柔情无限地看着他，低低地道："我师父说中了这三种剧毒，无药可治，因为他只道世上没有一个医生，肯不要自己的性命来救活病人。大哥，他不知我……我会待你这样……"

胡斐到了这时，才读懂了这倔强的少女心底所有的温柔。当她在他身边时，他并未懂得她的深情，他每天十七八遍放在心上的，是另一个姑娘。

张爱玲说过，没有一个女人是因为她的灵魂美丽而被爱的。

人生在世，不如意事，十之八九。

袁紫衣

烛影摇红，夜阑饮散春宵短

　　她爱胡斐，却不能爱他。本是两情相悦，却只能慧剑斩情丝。

　　初见胡斐时，她一身紫衣，容颜如花，明艳照人，武艺卓绝，才十八九岁的女孩子，软鞭挥处，几乎所向无敌，一连抢夺了十大门派的掌门人之位。

　　这个美丽的女孩子，本来和胡斐素不相识，却是好像在故意处处和他作对。原来她早在赵半山那里听过胡斐之名，于是存心想捉弄他。胡斐也不甘示弱。两人一路上，打打闹闹，渐渐熟稔，情愫暗生。

　　终于她使诈，将胡斐推到河边的一个臭泥塘中。他在半空时身子虽已转直，但双足一落，臭泥直没至胸口。袁紫衣拍手嬉笑，叫道："阁下高姓大名，可是叫作小泥鳅胡斐？"

　　胡斐哭笑不得，只得一步一顿，拖泥带水地走了上来。这时只见袁紫衣笑靥如花，心中又微微感到一些甜意，张开满是臭泥的双掌，扑了过去，喝道："小丫头，我叫你改名袁泥衫！"

两人本来一直说说笑笑，但自同骑共驰一阵之后，袁紫衣心中微感异样，瞧着胡斐，不自禁地有些腼腆，有些尴尬。

最好的年华，最恰当的时间，遇上了那个最好的人，想不动心也难。

胡斐爱上袁紫衣，是最自然不过了。犹记得书中写她一日之间连败南方两大武学宗派的高手，这份得意之情，实是难以言宣，但见道旁树木不绝从身边飞快倒退，情不自禁，纵声唱起歌来。真是十足的小女儿心性。

又骄傲，又率性，美貌且武功高强，这样若即若离，忽喜忽怒，谜一样的身世，无一不吸引着胡斐。

少年在最初爱上一个人的时候，往往用上了全部的心意。他钟情于她之后，其他女子的好，他便未曾放在心上了。

他后来又遇上了程灵素，灵素情系于他。他只将她当作义妹。

灵素想看他包裹中的物件，他将布包摊开了送到她面前，指着袁紫衣所赠的那只玉凤，顿了一顿，说道："这是朋友送的一件玩意儿。"那玉凤在月下发出柔和的光，程灵素听他语音有异，抬起头来，说道："是一个姑娘吧？"胡斐脸上一红，道："是！"

在胡斐离开苗人凤家时，因情绪激动忘记拿包裹，灵素幽幽地道："别的都没什么，就是那只玉凤凰丢不得。"胡斐给她说中心事，脸上一红。而在灵素说玉凤丢了时，他心中大急，即刻便要回头去找。灵素伸手到青草之中，拾起一件饰物，莹然生光，正是那只玉凤。

胡斐允诺要为灵素做一件事。灵素伸出手来，道："好，那只玉凤凰给了我。"胡斐一呆，心中大是为难，但他终究是个言出必践之人，当即将玉凤递了过去。灵素不接，道："我要来干什么？我要你把它砸得稀烂。"这一件事胡斐可万万下不了手，呆呆地怔在原地，瞧瞧程灵素，又瞧瞧手中玉凤，不知如何是好，袁紫衣那俏丽娇美的身形面庞，刹那间在心头连转了几转。

灵素缓步走近，从他手里接过玉凤，给他放入怀中，微笑道："从今以后，可别太轻易答应人家。世上有许多事情，口中虽然答应了，却是无法办到的。好吧，咱们可以走啦！"

她终究是知他心意的善良女子，只是，他先遇见的，却是紫衣。爱情有先来后到。灵素晚了一步，紫衣却是来得刚刚好。

胡斐不理解紫衣，为何连番三次要救走恶贯满盈的凤天南。在她第三次救走凤天南时，胡斐怒不可遏。她决定把所有的秘密都告诉他。

当下三人走到书房之中，书童点了蜡烛，送上香茗细点，退了出去。三人默默无言，各怀心事，但听得窗外雨点打在残荷竹叶之上，淅沥有声，烛泪缓缓垂下。程灵素拿起烛台旁的小银筷，夹下烛心，室中一片寂静。

胡斐自幼漂泊江湖，如此伴着两个红装娇女，静坐书斋，却是生平第一次。过了良久，袁紫衣望着窗外雨点，缓缓道来一段隔着岁月相望的陈年往事。

胡斐这才明白，这个看似自信张扬、任性娇俏的姑娘心中，竟还有这么多苦楚悲凉，他心中对她的不满立刻烟消云散，更添了几分怜悯和心疼。误会解开，胡斐对她也情根深种。

骄傲美丽的她，身世悲惨，命运同样堪怜。因为，她其实已削发为尼，不能有爱。邂逅胡斐，是她最美丽的意外。

很多人认为胡斐爱袁紫衣，主要是因她容貌娇俏。但我认为，胡斐爱袁紫衣，除了初见时的惊艳，还在于两人相处时的无拘无束，志趣相投。

她不是不爱胡斐，她有她的无奈。而与胡斐相遇相恋的这段甜美时光，足够她在往后漫长的岁月中，让她与青灯古佛相伴时，添几分瑕意。

在劝说陈家洛假扮福康安安慰垂危的马春花后，胡斐惘然走出庙门，忽听得笛声悠然响起，是金笛秀才余鱼同在树下横笛而吹。金笛秀才的笛子声中，似乎在说一个美丽的恋爱故事，却也在抒写这场爱恋之中所包含的苦涩、伤心和不幸。庙门外每个人都怔怔地沉默无言，想到了自己一生之中甜蜜的凄凉的往事。胡斐想起了那个骑在白马上的紫衫姑娘，恨不得扑在地上大哭一场。

再见时，她已经不是宜嗔宜喜的少女袁紫衣，而是尼姑圆性，他和她终于要彻底分离了。

分离之时。圆性双手合十，轻念佛偈：

一切恩爱会，无常难得久。
生世多畏惧，命危于晨露。
由爱故生忧，由爱故生怖。
若离于爱者，无忧亦无怖。

念毕，悄然上马，缓步西去。
只是她的心中，当真能放下吗？

马春花

好春安得长为主，落叶那能再上枝

　　春花这个词本来很美的一个词，就像三毛在《倾城》里写着年轻时的自己："那时的我，是一个美丽的女人，我知道，我笑，便如春花，必能感动人的——任他是谁。"

　　她是普通人家的女儿，小家碧玉，美貌而单纯。刚出场时，不过十八九岁年纪，一张圆圆的鹅蛋脸，眼珠子黑漆漆的，两颊晕红，周身透着一股青春活泼的气息。实在是个娇憨活泼，明艳动人的姑娘。

　　她的父亲虽有个响亮的名头，却也只是个普通镖师。父亲想把女儿嫁给自己的徒儿，这徒儿更普通。他比她大着六七岁，性情粗犷，脸上生满紫色小疮，相貌有点丑陋。后来，商家堡的少主商宝震也暗暗喜欢上了她。商宝震少年英俊，但却人品卑劣，武功也不过尔尔。

　　少女情窦初开，正是充满幻想的年龄。身边的两个男子，都过于平庸，都不是自己理想的对象。

就在这个时候，商家堡来了一位京城的贵公子，那公子见她明艳照人，身手矫捷，心中微微一动。

为了避免误会和悲剧，马春花的父亲百胜神拳马行空在商家堡公开宣布给徐铮和马春花订婚。徐峥资质平庸，为人粗豪，对她却是一往情深。但商宝震仍是苦苦追求，徐铮怒不可遏，与他动起手来。

这使马春花满腹怨怒。心中只是想："难道我的终身，就这么许给了这蛮不讲理的师兄么？"

她独自出去漫步，坐在花园中发呆。也不知坐了多少时候，忽听得箫声幽咽，从花丛处传来。马春花正在难受，这箫声却如有人在柔声相慰，细语倾诉，听了又觉伤心，又是喜欢，不由得就像喝醉了酒一般迷迷糊糊。她听了一阵，越听越是出神，站起来向花丛处走去，只见海棠树下坐着一个蓝衫男子，手持玉箫吹奏，手白如玉，和玉箫颜色难分，正是晨间所遇到的福公子。

箫声花香，夕阳黄昏，眼前是这么一个俊雅秀美的青年男子，眼中露出来的神色又是温柔，又是高贵。

于是她用温柔的眼神望着那个贵公子。她不想问他是什么人，不想知道他叫自己过去干什么，只觉得站在他面前是说不出的快乐，只要和他亲近一会，也是好的。

就这样，马春花恋上了福康安。就算后来回到商家堡众人之中，她心中也满是柔情蜜意，忍不住自顾自地微笑。

她对他一见钟情，刻骨铭心。虽然对于他来说，这不过就是一段露水情缘，事后风过无痕，再也没放心上。

但她最后还是嫁给了师兄。不久，她生下了一对可爱的双胞胎儿子。数年过后，徐峥不幸因她而死，她又回到了福康安身边。福康安的母亲要杀母夺子，马春花毫不知情地服下了鹤顶红。

她单纯之极，从未想过，福康安会袖手旁观，见死不救，任由她被毒害。她不过是渴望爱情的普通女子，没有过人的胆识，亦没有超人的武艺，在命运面前，她如同蝼蚁般被践踏，竟然不知反抗，也无法反抗。

危急时刻，是她曾经救助过的胡斐冲进来，救走了她。

虽然程灵素医术通神，最后仍是无法救她。她奄奄一息，心中却仍然记挂着那个福公子，那个英俊却狠心、从来没把她放心上的男人。她的爱情，便如飞蛾扑火，虽然明知会被火焰灼伤，却仍然无法抗拒那光亮的蛊惑。

胡斐怜悯她，终究是求了和福康安长得一模一样的陈家洛过来，去见她最后一面。

陈家洛进房之后，一直站在门边暗处，马春花没瞧见他。胡斐摇了摇头，抱着两个孩儿，悄悄出房，陈家洛缓步走到她的床前。胡斐跨到院子中时，忽听得马春花"啊"的一声叫。这声叫唤之中，充满了幸福、喜悦、深厚无比的爱恋。她终于见到了她的"心上人"……

她便这样，带着幸福的微笑死去了。她的故事，以情挑开始，以毒药结束。

她并未活得春花般灿烂，也未能死得秋叶般静美。她的人生，终究痴心错付。

冰雪儿

一枝春雪冻梅花，满身香雾簇朝霞

　　阎基初见胡一刀，吓了一跳，只道是"不知从哪里钻出来的恶鬼"，"这人生得当真凶恶，一张黑漆脸皮，满脸浓髯，头发又不结辫子，蓬蓬松松的堆在头上。"

　　跟着便看到胡夫人："全身裹在皮裘之中，只露出一张脸蛋。"——阎基只觉这一男一女，就如"貂蝉嫁了给张飞"。

　　绝世英雄，身边站着的是绝代美人。旁人看里，这位少年夫人千娇百媚，如花如玉，却嫁了胡一刀这么个粗鲁又丑陋的汉子，这本已奇了，居然还死心塌地的敬他爱他，那更是教人说什么也想不通。

　　但，他们却是《雪山飞狐》中最光耀照人的一对人，胡一刀侠骨柔肠，胡夫人剑胆琴心，他们诠释了江湖侠侣的模样。

　　他们的相识，是完全偶然的邂逅。很多年之后，他们的儿子胡斐缓缓地把父母相识相知的经历告诉了苗若兰："我在爹爹妈妈的遗书中得悉此事，想来令尊未必知道其中详情。杜庄主得到一些线索，猜得宝藏必在雪峰附近，是以长住峰上找寻。只是他一来心思迟钝，二来机缘不巧，始终参透不出藏宝的所在。我爹爹暗中查访，却反而先他得知。他进了藏宝之洞，见到田归农的父亲与你祖父死在洞中，正想发掘藏宝，那知我妈跟着来了。

"我妈的本事要比杜庄主高得多。我爹连日在左近出没，她早已看出了端倪。她跟进宝洞，和我爹动起手来。两人不打不成相识，互相钦慕，我爹就提求亲之议。我妈说道：她自幼受表哥杜希孟抚养，若是让我爹取去藏宝，那是对表哥不起，问我爹要她还是要宝藏，两者只能得一。

"我爹哈哈大笑，说道就是十万个宝藏，也及不上我妈。他提笔写了一篇文字，记述此事，封在洞内，好令后人发现宝藏之时，知道世上最宝贵之物，乃是两心相悦的真正情爱，决非价值连城的宝藏。"

别说宝藏，就算是天下第一高手的名头，与她相比，又算得了什么。

两人相视而笑，并肩携手飘然离去。他们的相识纯粹出于偶然，相处却异常和美。江湖上又多了一对神仙眷侣。

胡一刀夫妇相亲相爱，相互欣赏，心意相通。她完全了解他，并且爱他敬他怜他。他义薄云天，她亦豪气干云。

苗若兰听到此处，不禁悠然神往，低声道："你爹娘虽然早死，可比我爹妈快活得多"。

她自身也是武功高强，能独当一面。在胡一刀与苗人凤争斗之时，她始终在旁看着。而半夜里，胡一刀正在休息，有敌人趁机来犯。她怕吵醒丈夫，她左手抱了孩子，右手从床头拿起一根绸带，推开窗子，飕地一下，跃了出去。月光之下，只见她手中的白绸带就如是一条白龙，盘旋飞舞，纵横上下，但听得呛啷、呛啷、啊哟、啊哟、砰蓬、砰蓬之声连响，不到一顿饭工夫，几十条汉子的兵刃全让夫人用绸带夺下，人都摔下了屋顶。这些人只有落荒而逃。

而胡夫人打败这些敌人，举重若轻，并不以为意，也不以此炫耀或者居功。她只是将那些兵刃从屋顶踢在地下，也不捡拾，抱了孩子进屋喂奶。次日早晨，她做了菜，命店伴拾起兵刃，用绳子系住，一件件都挂在屋檐下，北风一吹，这些刀剑锤鞭，相互撞击，叮叮当当的十分好听。

何等气定神闲，潇洒有趣。

而她却又是体贴温柔的。无论胡一刀说什么，他说一句，她就能马上准确说出他的心事，并迅速给出对策来抚慰他。在遇到强敌之时，她不会埋怨他，而是并肩站在他身边，事事为他筹划，免他后顾之忧。

胡一刀抱着孩子见到了前来挑战的苗人凤，回到房中之后，心中担忧，被胡夫人看出，她对他道："大哥，你千万别为了我，为了孩子担心。你心里一怕，就打他不过了。"在他心神不定时，她轻声对他道："大哥，你抱了孩子，回家去吧。等我养好身子，到关外寻你。"他知道她情深如许，定会生死相许，而她亦深知他心事，答应不死以养育孩儿，胡一刀心下轻松，豪气毕现："哈哈，人生自古谁无死？跟这位天下第一高手痛痛快快的大打一场，那也是百年难逢的奇遇啊！"

她理解他，欣赏他，懂得他，支持他。因为他，她也欣赏了他的对手及朋友："大哥，并世豪杰之中，除了这位苗大侠，当真再无第二人是你敌手。他对你推心置腹，这副气概，天下就只你们两人。"而她亦得到了胡一刀的欣赏与尊重，称她为女中豪杰。

而她对他又如此情深义重。在他于比武中中毒身亡时，她又惊又悲，自刎而死，临死前的痴情之语令人动容："……苗大侠肝胆相照，义重如山，你既答应照顾孩子，我就偷一下懒，不挨这二十年的苦楚了。"

仍然是举重若轻，浑若无事。但其中的深情缠绵与刚烈坚贞，却让人不由得不动容。他们夫妻恩爱，居然果真做到了同生共死。

苗人凤对胡一刀的这位夫人是深自钦佩的。他对自己夫人说到胡夫人对丈夫的情爱，他说："像这样的女人，要是丈夫在火里，她一定也在火里，丈夫在水里，她也在水里……"他一直羡慕胡一刀，心想他有一个真心相爱的夫人，自己可没有。胡一刀虽然早死，这一生却比自己过得快活。

在香港的电视连续剧里，她被TVB的编剧们先后取了三个名字：魏雪，冰雪儿，郎剑秋。

会最喜欢冰雪儿这个名字。他们本来就是在冰雪之中相识，而相互之间的情意，又皑如白雪。

南 兰

但见泪痕湿，不知心恨谁

苗人凤第一次见到南兰时，是先听到了她的声音："爹，到了京里，你就陪我去买宫花戴"，这是江南姑娘极柔极清的语声。

随后在小店中，南兰出现了。她相貌娇美，肤色白腻，身穿一件葱绿织锦的皮袄，颜色甚是鲜艳，但在她容光映照之下，再灿烂的锦缎也已显得黯然无色。众人眼前一亮，不由得都有自惭形秽之感。

这是一位娇养长大的江南官家小姐，而苗人凤是个漂泊江湖的粗豪汉子。他们最初的碰面，谁都没有想到，对方会和自己又什么联系。

谁知道就有人暗算南兰和她父亲。补锅匠、店伴、"调候兄"、脚夫、手夫为了抢夺南兰父亲所执的一柄稀世宝刀，而将南兰的父亲杀害。苗人凤见此不平之事，出手救下南兰，但他也中了毒针，命在旦夕。

他许之重金，请店小二替他吸出腿上的毒血，但店小二害怕不敢。此时，南小姐将柔嫩的小口凑在他腿上，将毒血一口一口地吸出来。

就这样，苗人凤和南兰，就这样自然而然地走在了一起。

此时，萍水相逢，他们认识也不过一天，却就此定下终身。

没有经过相互了解和逐渐相爱的婚姻，注定是脆弱的。

苗人凤养伤之际，钟氏兄弟前来为徒弟报仇，因他腿部重伤，无法行走，竟放火要烧死苗大侠，并且在门口扬言："谁救那坏了腿的客人，老子打开他的脑袋瓜子！"而南兰一见火起，当即夺门而出，丢下苗人凤一人在火里。

从一开始，她就没有爱过他。

她本来就是官家小姐，娇生惯养惯了的，自然事事以自己为中心，希望丈夫温柔体贴，知冷知热，渴望丈夫风雅斯文，懂得女人的小性儿，会说笑，会调情、而苗人凤毕竟不是凡俗男子，他是天下第一高手，是行走江湖的大侠，他每日要练功打坐，要行侠仗义。苗人凤空具一身打遍天下无敌手的武功，妻子所要的一切却全没有。而她偏偏就讨厌人家练武。而她要的，他偏偏无法给她。

他们本来就不是一个世界的人。她敏感细腻，对生活品质与生活情趣有着很高的追求，他粗犷豪放，却沉默寡言，不知如何对妻子甜言蜜语，更不知如何陪妻子风花雪月。她没有法子理解他，他也没有法子理解她。其实南兰所追求的和大多数女孩子一样，不过是爱她，怜惜她，而又理解她的丈夫，不过是相知相守的生活。但他和她偏偏格格不入，话不投机。

苗人凤深爱南兰，他自己认为自己对妻子是"刻骨铭心、倾心相爱"，却不善言辞，不懂表达。他无意中对胡夫人的夸奖却伤了南兰的心。苗若兰后来跟胡斐谈起此事，也是说："两人本来不大相配，那也罢了。可是我爹有一件事大大不对，他常在我妈面前，夸奖你妈的好处"。苗若兰对胡斐说过："我爹跟令尊比武之时，你妈妈英风飒爽，比男子汉还有气概。我爹平时闲谈，常自羡慕令尊，说道：'胡大侠得此佳偶，活一日胜过旁人百年。'我妈听了虽不言语，心中却甚不快。"

苗人凤为了纪念胡一刀和胡夫人，在胡一刀忌日那天，喝了一天的酒，并对妻子说，胡夫人那样的女人，"丈夫在水里，她也一定在水里；丈夫在火里，她也在火里"。

这无心的一句，夫妻间的芥蒂便已种下。而他也不知如何消除。

对于她来说，苗人凤的家已经成为她心灵的囚牢，世人都觉得她幸福，丈夫疼爱，女儿漂亮，生活富足，然而，对于南兰来说，那一切都不是她想要的生活，她的人生不应该就这样浑浑噩噩地将就着度过。她迫切想要逃离，逃去一个理想的地方，去过她想要的生活，去真正做她自己。

偏偏在这时候，田归农出现了。他相貌英俊，谈吐风雅，又能低声下气的讨人喜欢。两人当然就走在了一起。为了得到苗家世传的藏宝图，田归农勾引了南兰。南兰毅然随其私奔。丈夫、女儿、家园、名声……一切全别了，她要温柔的爱，要热情如火，要体贴和懂得。

南兰在商家堡中出现了，这时她"二十二三岁，肤光胜雪，眉目如画，竟是一个绝色丽人。马春花本来算得是个美女，但这丽人一到，立时就比了下去。"她的美貌，又一次照亮了世人。她对于这次出逃，显然是信心满满的。

尽管，他很快就赶到了。

尽管，他是深深地爱着她的。那江湖人士心驰神往、梦寐以求的闯王宝藏地图，他却放在那金钗之中，插在她的发上。她跟田归农私奔，他星月兼程赶了去，却不忍心责怪她，只是默默等着她自己回心转意。

女儿呼唤着母亲，苗人凤耐着性子等待，等南兰答应一声，等她回过头来再瞧女儿一眼……

苗人凤在想：只盼她跟着我回家去，这件事以后我一定一句不提，我只有加倍爱她，只要她回心转意，我要她，女儿要她！

南兰心里却在想：他会不会打死归农？他很爱我，不会打我的，但会不会打死归农？

然而，他看到了她对田归农的笑容，他看到了她眼光中露出温柔的款款深情。她是在瞧着田归农。这样深情的眼色，她从来没向自己瞧过一眼，即使在新婚中也从来没有过，这是他生平第一次瞧见。

他心中一沉，不再等待了。

他知道，她全无悔意，立志要抛弃一切，追求自己真正的爱情。他黯然离去，并未半点为难于她。

回去之后，他却自己大病一场。每日只叹息："兰啊兰，你怎么如此糊涂。"以他如此高强武功竟能生病，显然也是伤心到极点了。

过了很久以后，她终于发现，田归农，并不是真心爱她，而是觊觎宝藏。她因此郁郁而终。她死后，苗人凤上门找到田归农，带走了她的骨灰和发钗。这发钗之中，仍然原封不动地藏着藏宝地图。

她便像列夫·托尔斯泰《安娜·卡列尼娜》中的安娜一般，想要去全力追求理想中的爱情和生活，为此，她放弃了自己的家庭，放弃了丈夫和女儿，放弃了自己已经拥有的一切，却最终无法如愿。生活给她开了一个悲惨的玩笑，她的理想最终破灭。

最后，等她想回头时，一切却已经来不及。

苗若兰

夜月一帘幽梦，春风十里柔情

　　她的名字叫若兰，果然雅若幽兰，娇柔宛转。没有江湖儿女的做派，俨然一个出身于书香门第的大家闺秀，聪明灵秀极其优雅。

　　在苗若兰上山前，她的丫头仆妇，都在整理一大堆物事：鸟笼、狸猫、鹦鹉架、花盆、香炉，以及成箱的书。丫鬟琴儿不让于管家碰小姐的兰花，因为小姐说兰花最是清雅，男人家走近去，它当晚就要谢了。接着，又有一个极怪异的声音吟道"欲取鸣琴弹，恨无知音赏"，吓得于管家立即双掌横胸，准备迎敌，结果回头一看，却是小姐的鹦鹉；吊篮要去拉小姐上雪山了，奶妈先慢吞吞地取块皮裘在篮中垫好，接着又跟仆妇商量该垫银狐的还是水貂的。

　　这样隆重的铺垫后，苗若兰才姗姗出现。自打一出场，她就惊艳了所有人：

　　一个黄衣少女笑吟吟地站在门口，肤光胜雪，双目犹似一泓清水，在各人脸上转了几转。这少女容貌秀丽之极，当真如明珠生晕，眉目间隐然有一股书卷的清气。

厅上这些人都是浪迹江湖的武林豪客，陡然间与这样一个文秀少女相遇，宛似穷汉忽然走进大富大贵的人家，不自觉为她清雅高华的气派所慑，自惭形秽，隐隐不安。

而她也完全是世家小姐的气派，出手大方，送给两个小僮两匹玉马，使得小童破涕为笑，顷刻间便打破了厅上的僵局，解了众人之围。

雪山顶上，一干人都听小姐讲故事，听得紧张又神往。讲到精彩处，众人眼望苗若兰，等她继续述说，却见小丫头琴儿走将过来，手里捧了一个套着锦缎套子的白铜小火炉，放在她的怀里。

苗若兰便要琴儿去点香。琴儿捧来一个白玉香炉，放在她身旁几上。只见一缕青烟，从香炉顶上雕着的凤凰嘴中袅袅吐出，众人随即闻到淡淡幽香，似兰非兰，似麝非麝，闻着甚是舒泰。苗若兰却责怪丫鬟，说人多点这素馨不对，琴儿换了香之后，又说香盘的方向也放得不对风向。喝了玫瑰茶之后，众人只道她要说故事了，哪知道她又进去休息，换了一件淡绿皮袄，一条鹅黄色百褶裙，脸上洗去了初上山时的脂粉，更显得淡雅宜人，风致天然。

一切都是旁若无人，只是纯粹出于自然，丝毫没有矫饰作态之处。

她和胡斐的会面，更是书香贵族做派，只觉风雅无限。众人见雪山飞狐到来，无不惊吓躲避，平素的豪气雄风，尽数丢到九霄云外去了。

而苗若兰始终镇定自若，处变不惊，简简单单说了几句话，虽然说得轻柔温文，然语意极为坚定。连本来心中战战兢兢的于管家但见苗若兰神色宁定，惊惧之心登减，心中暗赞她手无缚鸡之力，却勇决如此，不愧是金面佛苗大侠之女。

她是富养长大的女孩儿，虽然缺少母爱，但父亲给了她所有能给的爱，因此，无论外界发生怎么样的突发情况，她都对自己有足够的信心，也有笃定的安全感，因而落落大方，不会失了分寸，坏了姿态。

胡斐见她文秀清雅，弱态生娇，明波流慧，本已一怔，月下漫步，琴声叮咚，诗酒合一，更是不自禁地怦然心动。

苗若兰轻抒素腕，弹将起来，随即抚琴低唱。他轻轻拍击桌子，歌吟相答。

胡斐唱罢，举杯饮尽，拱手而立。苗若兰划弦而止，站了起来。两人相对行礼。

两人因此情愫暗生。

一朵花最美的时候，是将开未开的时候。一段爱情最美的时候，是彼此心中明白，却又未曾宣之于口的时候。

淡淡的欢喜，又仿佛有淡淡的忧伤。仿佛什么都没有得到，却又仿佛什么都拥有了。

她心中隐隐有了期待，笃定他们一定会再相遇的。

果然，机缘巧合下，他们以一种完全意想不到的方式再会了……

凌霜华

宁可枝头抱香死，何曾吹落北风中

落花无言，人淡如菊。凌霜华就是"凌霜花"，指的便是菊花。而她的美貌和风骨，的确也是清丽如菊，倔强如菊。

丁典和凌霜华都爱菊花。他们的邂逅也与菊花有关。

菊花会上，丁典正流连在菊花的幽香之中。他见那些菊花中名贵品种不少，黄菊有都胜、金芍药、黄鹤翎、报君知、御袍黄、金孔雀、侧金盏、莺羽黄。白菊有月下白、玉牡丹、玉宝相、玉玲珑、一团雪、貂蝉拜月、太液莲。紫菊有碧江霞、双飞燕、翦霞绡、紫玉莲、紫霞杯、玛瑙盘、紫罗撒……

他正在惋惜并无绿菊之时，听到有姑娘清脆的声音，丁典于菊丛中，蓦然回首，却看到了一个清秀绝俗的少女正在观赏菊花，穿一身嫩黄衫子，当真是人淡如菊。

丁典被那少女吸引了。他还从未见过这般雅致清丽的姑娘。

这便是她跟他的初次见面。两人都爱菊成痴，而气质性格之中，也都有隐隐的清雅隐逸之风。

　　凌霜华人如其名，她清丽绝俗，却又是刚烈决绝。就如那幽幽吐芬却又不肯随风飘零的菊花。她并不知道，此次邂逅，竟是一段荡气回肠却又哀婉动人的爱情的序章。

　　她和丁典的爱情，是《连城诀》中的一抹温暖的亮色，照亮了乌晦黑暗的人世，让那些丑恶的人性无处可藏。

　　见到凌霜华之后，丁典念念不忘，在凌府外独自徘徊。娇俏的小丫鬟过来，伸手指着后园的一角红楼，说道："我去求求小姐，要是她答允，就会把绿菊花放在那红楼的窗槛上。"

　　那天晚上，他在凌府外的石板上坐了一夜。到了第二天早晨，两盆淡绿的菊花当真出现在那窗槛之上。他知道一盆叫作"春水碧波"，一盆叫作"碧玉如意"。

　　他们的相遇与菊花有关，他们的定情，也与菊花有关。

　　他们的爱情纯净深沉，却遭受了最恶毒残忍的摧残。她的父亲凌退思既是荆州知府，也是两湖龙沙帮中的大龙头。从知道丁典起，凌退思就一直想利用她和丁典的爱情来获取宝藏，他用金波旬花将丁典毒倒并擒获，对他拷打逼问。丁典本可越狱逃走，但为了凌霜华，却甘愿在狱中受苦。

　　为了保住丁典的性命，凌霜华对父亲发誓永不与他相见，为了不被父亲逼迫而另嫁他人，她用刀子划破了自己的脸，自毁容貌。只每日在窗台上摆放一盆鲜花，让丁典知道，她还活着，并一直牵挂着他。这是丁典在坐冤狱时唯一的慰藉和生存动力。

　　但即使如此，凌退思也没有放过夺得宝藏的梦，贪欲埋没了人伦。凌霜华最后活活被闷死在棺材里，临死前她在棺盖上用指甲刻下："丁郎，丁郎，来生来世，再为夫妻。"

来生来世，再做夫妻。狄云费尽千辛万苦，把丁典的骨灰带到凌霜华的棺材前，要将二人合葬。在他看见这八个字的那一瞬间，惊心动魄。

在丁典中毒将死，慢慢地把自己和凌霜华的故事讲给狄云听时，狄云心中感到一阵难以形容的伤心，那当然是为了痛惜良友将逝，可是在内心深处，反而在羡慕他的幸福，因为在这世界上，有一个女子是真心诚意地爱他，甘愿为他而死，而他，也是同样深挚地报答了这番恩情。

丁典对狄云道："兄弟，你为女子所负，以致对于天下女子都不相信。"丁典把自己绝美洁净的爱情全部告诉给了狄云，使得命运悲惨心灰意冷的狄云，也能理解了这世界的丰富和人性的复杂，相信了这世间温情的存在，如一道光，照亮了他内心中纯良的一面。

世界不会总是美好，也不会总是污浊。就像伸出手来，会捧住满掌阳光，而手掌之下，则是一大片黑暗。这才是全部的真实。

将二人合葬之后，狄云在丁典和凌霜华的坟前种了几百棵菊花："丁大哥和凌姑娘最爱的便是菊花。最好能找到'春水碧波'的名种菊花！"

无论世间如何险恶，菊花依然清香如故，不会改变了她的芬芳。

戚 芳

绿杨芳草长亭路，年少抛人容易去

《连城诀》是一本揭露人性黑暗的小说，是金庸根据在他家工作的长工的真实经历所写。全书都很压抑，一路看下来，看到心中黯淡无光。

金庸在书的后记中写着，这件事一直藏在我心里。"连城诀"是在这件真事上发展出来的，纪念在我幼小时对我很亲切的一个老人。和生到底姓什么，我始终不知道，和生也不是他的真名。他当然不会武功。我只记得他常常一两天不说一句话。我爸爸妈妈对他很客气，从来不差他做什么事。

这和生，便是狄云的原型了。而狄云的经历，也是根据和生的遭遇所写。他本是湖南乡下的淳朴少年，进得城来，却经历了意想不到的冤屈与陷害。

正如凌霜华是丁典的全部慰藉一般，戚芳也是狄云心中的温暖与光亮，是通篇黑暗的小说中人性的柔软部分。

戚芳是一个纯朴美丽的乡下姑娘，刚出场的时候，她不过十七八岁年纪，圆圆的脸蛋，一双大眼黑溜溜的，脸上红得像屋檐下挂着的一串串红辣椒。

她和狄云之间过招演练剑法，两小无猜，娇羞任性，调皮游戏，薄怒轻嗔，活灵活现，让人艳羡和眼热。好像每个人小的时候，都曾有过的无忧无虑的年少时光。

家里来了外客，狄云到前村去打了三斤白酒。戚芳杀了一只肥鸡，摘了园中的大白菜和空心菜，满满煮了一大盘，另有一大碗红辣椒浸在盐水之中。四人团团一桌，坐下吃饭。

这真是最淳朴素净的乡村生活。

她没有见过什么世面，亦不知人心险恶，只是一个善良温柔的普通少女。世界对于她来说就是湖南乡下，就是父亲和师兄。

那一晚狄云被万门八弟子围攻，打得眼青鼻肿，一件新衣也给撕烂了好几处。他心中痛惜，戚芳便拿了针线替他缝补。她头发擦着他的下巴，他只觉脸上痒痒的，鼻中闻到她少女的淡淡肌肤之香，不由得心神荡漾。狄云叫了声："师妹。"戚芳道："空心菜，别说话，别让人冤枉你做贼。"空心菜是湘西一带最寻常的蔬菜，粗生粗长，菜茎的心是空的。戚芳给他取了这个绰号，笑他直肚直肠，没半点心事。

这样温馨相伴的时光，转瞬即逝。

她从不知道，自己的生活居然在一夜之间翻天覆地，父亲失踪，师兄入狱，而自己，也莫名其妙被迫嫁给了一个陌生人。

但是她心里，从来没忘记过他。后来，她生了一个女儿，她给自己女儿的小名儿，也取作空心菜。

后来狄云回来，和万圭拼斗中同时晕了过去。狄云身陷冤案，叫来官兵便足以致他死地。戚芳念着心底旧情，悄悄为他包扎好伤口，费尽心思把他送上了船。她既心疼丈夫，又顾念青梅竹马的旧日情人。

她是温柔的，可也是无奈的，她不知道如何面对面前的这一切，只得被动地等待着命运的安排。对于丈夫万圭，她心中只想着"他这几年来待我很好，我是嫁鸡随鸡，这一辈子总是跟着他做夫妻了"。

在万圭中毒之后，戚芳带着女儿在太湖边向天祷告，燃了三炷香。第一炷香的祷告，是为了丈夫，第二炷香，是为了父亲，第三炷香，则是为了狄云。她的三个心愿，全是为了她生命中最重要的三个男人祈求的。她虽然不爱丈夫，但是毕竟已经共同养育女儿，已经与她血肉相连，割舍不断；她记挂着老父，她还忘不了年少时的意中人，希望上苍能庇佑他。

她一直都在想念着他。那青梅竹马、两小无猜的时候，她从未想过有一天他和她会彻底分开。

她遇到当年诬陷他的桃红，终于明白了他所受到的所有冤屈。在伤心和凄凉之中，忽然感到了一阵苦涩的甜蜜。虽然嫁了旁人，但她内心中深深爱着的，始终只是个狄师哥，只有他，仍旧是他，才是戚芳叹息和流泪之时所想念的人。

在她终于知道平日里和颜悦色的公公和温柔体贴的丈夫背着她所做的龌龊事之时，她想起的，也是狄云。"一阵风从窗中刮了进来，吹得满地纸屑如蝴蝶般飞舞。纸屑是剑谱撕成了，一片片飞出了窗外。忽然，一对彩色蝴蝶飞了起来，正是她当年剪的纸蝶，夹在诗集中的，两只纸蝶在房中蹁跹起舞，跟着从窗中飞了出去，戚芳心中一酸，想起了当日在石洞中与狄云欢乐相聚的情景。那时候的世界可有多么好，天地间没半点伤心的事。"

在万圭要置她于死地时，有人救了她。

那人双手伸出，月光之下，只见他每只手掌中都有一只花纸剪成的蝴蝶，正是那本唐诗中夹着的纸蝶，适才飘下楼去时给他拿到了的。

正是狄云。

戚芳此时正如一叶小舟在茫茫大海中飘行，狂风暴雨加交之下，突然驶进了一个风平浪静的港口，扑在狄云怀中，说道："师哥，这……这……这不是做梦么？"

在将要离开万家之时，戚芳却坚持要回去，狄云向来听戚芳的话，见她神情坚决，不敢违拗，只得抱着她熟睡的女儿空心菜，站在原地等她回来。

但她这一去，竟再也没有回来。

她终究是不忍心，一念之仁，放了万震山和万圭出来。但她丝毫没有想到，丈夫为了荣华富贵和一己私利，可以在她救了他之后，还在毫不留情地刺她小腹一刀，让她毙命。

戚芳的悲剧，在于没有原则的善良，她就算洞悉了人性的黑暗，也不肯往最坏的方面想。而现实最终给了她残酷冰冷的一击。

最后，戚芳临死前，她在狄云怀抱中眼神散乱，声音含混，轻轻地道："那山洞里，两只大蝴蝶飞了进去。梁山伯，祝英台，师哥，你瞧，你瞧！一只是你，一只是我。咱们俩……这样飞来飞去，永远也不分离，你说好不好？"声音渐低，呼吸慢慢微弱了下去。

狄云抱着她，心如刀割……

在目睹师父为财疯狂的丑态之后，狄云真不能明白：一个人世上什么亲人都不要，不要师父、师兄弟、徒弟、连亲生女儿也不顾，有了价值连城的大宝藏，又有什么快活？

他离了荆州城，抱着戚芳的女儿空心菜，匹马踏上了征途。

他不愿再在江湖上厮混，他要找一个人迹罕至的荒僻之地，将空心菜养大。

那美丽淳朴的乡下姑娘，从此只暖在他心灵的最深处。

水　笙

蓦然回首，那人却在，灯火阑珊处

她是曾威震武林的"落花流水"之一的水岱之女。她和表哥汪啸风曾是青梅竹马的"铃剑双侠"。

她出场时，当真是英姿飒爽。少女骑着白马，不过二十岁上下年纪，白衫飘飘，左肩上悬着一朵红绸制的大花，肤色微黑，相貌却极为俏丽。

狄云一生之中，从未见过这般齐整标致的人物，不由得心中暗暗喝一声彩："好漂亮！"那少女向狄云点了点头，微微一笑，示意相谢。狄云见她一笑之下，容如花绽，更是娇艳动人，不由得脸上一热，有些羞涩。

这样的少女，在满纸乌云浊雾的《连城诀》中，无疑是一抹亮色。而对那时的她来说，世界也是光芒万丈的，父亲是盖世大侠，表哥人才出众，对她又温柔体贴，自己虽然如此年轻，但武功在武林中也已经小有名气。当真是衣正轻，马正肥，心事飞到云霄外。

但一夜之间，什么都变了。包括她父亲在内的"南四奇"，除了那个卑鄙无耻的花铁干，全死了。而她自己也身陷险境。

她曾鄙视过的"小恶僧"狄云，却不计前嫌，在大恶人血刀老祖手下拼尽全力保护了她，还为她数月里提供食物。她曾经以为狄云也是恶人，曾经毫不留情地把他打到断腿，打得吐血，曾经日夜提防着他，却没有想到，原来是自己冤枉了他。

她虽口中不言，但心中感激。于是，她煞费苦心，用了一个多月的时间，将狄云捕捉的秃鹰雪雁的羽毛缀而成衣，送给了他。黑的是鹰毛，白的是雁翎，衣长齐膝，不知用了几千几万根鸟羽。连狄云看到也大为惊奇。

他伸手拨开衣上的鸟羽一看，只见每根羽毛的根部都穿了一个细孔，想必是用头发上的金钗刺出，孔中穿了淡黄的丝线，自然是从她那件淡黄的缎衫上抽下来的了。

这是善良而又骄傲的水笙，表达歉意的方式吧。而她也开始怜悯这个身世悲苦，屡次被自己冤枉的狄云。

但是狄云已经被这人世的恶意与人性的丑陋伤透了心。他本是纯良少年，却因太久没有感受到温柔与真情而变得麻木和激愤。他狂笑着踢开了羽衣，转身狂笑之时，胸前衣襟上也是溅满了滴滴泪水。

而水笙，自是莫名委屈。

在他不顾性命打败花铁干，再一次救下水笙，在她身边目不交睫地守了一夜之后，水笙终于知道了他的人品。水笙跟他说话，狄云又怕上她的当，始终扮作哑巴，一句不答，除了进食时偶尔在一起之外，狄云总是和她离得远远的，自行练功。

这样静静相守半载，终于守到山谷中积雪融化，两人得以回到人世间。

在众人又一次冤枉狄云之时，水笙挺身而出，为他辩护："他不是小恶僧，是一位正人君子！"

狄云听了这几句话，心中一阵安慰，第一次听到她亲口对着众人说他是个正人君子，那确也大出他意料之外。突然之间，他眼中忽然涌出了泪水，心中轻轻地说："她说我是正人君子，她说我是正人君子！"

后来，见她和表哥重会相拥，狄云心中充满了对她的温柔祝福："她随表哥而去，那是再好也没有了，但愿她今后无灾无难，嫁了她表哥，一生平安喜乐。"

但是，狄云没有想到的是，她和他一样，也被众人冤枉了。包括曾经对她痴心一片的表哥，都颠倒是非黑白，并怀疑她和狄云有私情。水笙心中一片冰凉，只觉这个向来体谅温柔的表哥，突然间变成了无比的粗俗可厌。她心想旁人冤枉我、诬蔑我，全可置之不理，可是竟连表哥也瞧得我如此下贱。她只想及早离开雪谷，离开这许许多多人，逃到一个谁也不认识她的地方去，永远不再和这些人相见。她终于见识了江湖的风波，人心的险恶。

于是，她回到了昔日的山洞前，在这里孤零零地等待着。等待着那个曾经与她历经患难、共度生死的人。这里冰天雪地，涤荡了一切污浊黑暗。她是个明慧果断的少女，一旦决定，便毅然行动，毫不拖泥带水。

因此，她的结局和戚芳便很不一样。

终于，她的眼神发出了久违的光彩，她看到了那个熟悉的身影。

她满脸欢笑，向他飞奔过去，叫道："我等了你这么久!我知道你终于会回来的。"

葛然回首，灯火阑珊处，那人笑意盈盈……